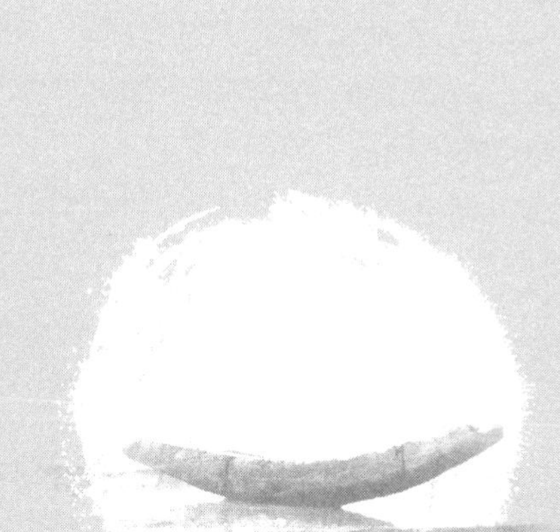

長相思

卷四

笑問月，誰與共

桐華 著

長相思
卷四
笑問月，誰與共

目錄

第二十六章

夢不由人做

還記得歸墟海中，他扯落髮冠時，她的心悸情動，
也記得耳鬢廝磨時，她指間繞著他的髮……
一切就好似昨日，卻已是青絲染霜，情思斷裂。

一年多後，在軹邑城，由小祝融主婚，顓頊迎娶曋氏的嫡女淑惠為側妃，軒轅的七王子禹陽趕來軹邑，以顓頊長輩的身分，代黃帝封賜了淑惠。

顓頊是軒轅黃帝和嫘祖王后唯一的孫子，曋氏是中原六大氏之首，雖然只是迎娶側妃的禮儀，並不算盛大，可大荒內來的賓客卻不少。

嫘祖娘娘出自四世家的西陵氏，西陵氏的族長，顓頊的堂舅親自帶了兒子來參加婚禮，第一次正式表明了西陵氏對顓頊的支持。這倒不令大荒各氏族意外，畢竟顓頊是嫘祖娘娘的血脈，西陵氏支持他是意料中事。

最令大荒氏族震驚的是，神秘的鬼方氏，這個不可冒犯卻一直游離在大荒之外的詭秘氏族，對待任何事都帶著超然物外的漠然，居然派子弟送來重禮，九株回魂草。當禮物呈上時，所有人都靜了一靜。九為尊，鬼方氏似乎在向顓頊表達著敬意，眾人揣測鬼方氏好像也選擇支持顓頊。

四世家中依舊態度模糊的就是赤水氏和塗山氏了，雖然眾人都聽說豐隆和顓頊來往密切，但豐隆不是族長，只要赤水族長一日未明確表明態度，那些往來就有可能是虛與委蛇，當不得真。

顓頊的這場婚禮，來參加婚禮的各氏族族長、長老們都很忙碌，不停地觀察，不停地分析，唯恐一個不小心，判斷錯誤，給氏族惹來大禍。

因為西陵族長不遠萬里來了，顓頊覺得讓別人接待都顯得不夠分量，他自己又實在分不開身，特意吩咐小夭去接待西陵族長。

西陵族長看到小夭，不禁愣了一下，未等小夭開口，就嘆道：「一看妳，就知道妳是嫘祖娘娘的血脈。」

小夭恭敬地向西陵族長行禮，「外甥女小夭見過舅舅。」

小夭是高辛王姬，本不應該給西陵族長行這麼大的禮節，可小夭的稱呼已表明只論血緣，不論身分，做得十分誠摯，西陵族長坦然地受了，心裡很高興，把自己的兒子西陵淳介紹給小夭認識，西陵淳行禮，有些羞澀地叫道：「表姊。」

小夭抿著唇笑起來，回了一禮。

小夭怕阿念會鬧事，把阿念帶在身邊，指著阿念對西陵淳說：「這是我妹妹，淳弟就跟著我和表哥叫她阿念吧！」

西陵淳給阿念行禮，阿念雖悶悶不樂，但畢竟在王族長大，該有的禮數一點不少，學著小夭，回了一禮。

西陵族長不禁滿意地笑著點點頭。

吉時到，鼓樂聲中，顓頊和淑惠行禮。

小夭陪著西陵族長觀禮，一手緊緊地抓著阿念，幸好阿念並沒鬧事，一直低著頭，好似化作了一截木頭。

看著正一絲不苟行禮的顓頊，小夭臉上保持著微笑，心內卻沒有絲毫欣悅。跌跌撞撞、顛沛流離中，她和顓頊都長大了，顓頊竟然都成婚了。可這場婚禮，並不是小夭小時想像過的樣子。

往事一幕幕浮現在眼前：還記得大舅舅和神農王姬的盛大婚禮，她和顓頊吵架，顓頊說嫁出去的女兒潑出去的水；也記得四舅娘自盡後，顓頊夜夜做噩夢，她安慰他說我會永遠陪著你，顓頊說妳遲早會嫁人，也會離開我，她天真地說我不嫁給別人，我嫁給你……

隔著重重人影、喧鬧的樂聲，顓頊看向小夭，四目交投時，兩人臉上都是沒有絲毫破綻的愉悅笑容。不管怎麼樣，至少我們都還好好地活著，只要繼續好好地活下去，一切都不重要！

待禮成後，司儀請賓客入席。

四世家地位特殊，再加上軒轅、神農、高辛三族，這七氏族的席位設在了裡間，隔著一道珠簾，外面才是大荒內其他氏族的席位。因為賓客眾多，從屋內一直坐到了屋外。

俊帝派了蓐收和句芒*1*來給顓頊道賀，句芒也是俊帝的徒弟，和顓頊一樣來自外族，孤身一人在高辛。他性子十分怪誕，顓頊為人隨和寬容，所以他和顓頊玩得最好。

小夭陪著表舅舅和表弟進了裡間。阿念見到熟人，立即跑到了蓐收身邊，小夭和表弟一左一右地陪在表舅舅身邊。

眾人都站了起來，因為軒轅王后嫘祖娘娘的緣故，就連禹陽也站了起來，和西陵族長客氣地見禮問好。

西陵族長先和禹陽寒暄了幾句，又和蓐收客套兩句。馨悅和豐隆一起來給西陵族長行禮，西陵族長和他們就親近許多，把這個長輩、那個長輩的身體問候了一遍，說起來好似沒完沒了。西陵族長看到璟一直低著頭，沉默地坐在席位上，帶著幾個晚輩走過去，故作發怒地說：「璟，你架子倒是大了！」

淳和璟也相熟，活潑地說：「璟哥哥，上次我見你，你還是很和藹可親的，怎麼才一年不見，就變得冷冰冰了？」

璟站了起來，微笑著和西陵族長見禮。西陵族長和淳都愣了，璟的兩鬢竟已有了幾絲白髮，淳還是少年心性，失聲問道：「璟哥哥，你怎麼了？」

西陵族長掃了他一眼，淳立即噤聲。西陵族長笑呵呵地問著太夫人的身體，璟一一回答。

小夭已一年多沒見過璟，看到他這樣子，她保持著微笑，靜靜地站在西陵族長身後。還記得歸墟海中，他扯落髮冠時，她的心悸情動，也記得耳鬢廝磨時，她指間繞著他的髮，一頭青絲、滿心情思。一切就好似昨日，卻已是青絲染霜，情思斷裂。

1句芒：讀作ㄍㄡ ㄇㄤˊ。

小夭只覺心彷彿被一隻大手撕扯著，痛得好似就要碎裂，她卻依舊笑意盈盈。突然，她的心劇烈地跳動起來，再維持不住微笑，這就好像一個人能面不改色地忍受刀劍刺入的疼痛，卻無法在劇烈運動之後，控制自己的臉色和呼吸。小夭不禁撫著自己的心口，深吸了幾口氣。

馨悅忙扶住她，擔心地問：「妳沒事吧？」

小夭強笑著搖搖頭，西陵族長看她面色發紅，忙說：「我忘記妳身體不好了，趕緊坐下來休息一會。」

馨悅扶著小夭坐在了璟的座席上。

璟焦灼地一手握住小夭的手腕，一手握著酒杯，化酒為霧。眾人都知道塗山氏的障術可惑人五感，用來止疼最是便捷，所以都沒覺得奇怪。

心依舊在劇烈地跳著，跳得她全身的血都好似往頭部湧，小夭忍不住喃喃說：「相柳，你有完沒完？」

其他人只隱約聽到「完沒完」，璟離得最近，又十分熟悉小夭的語聲，因此將一句話聽了個十分清楚。

心跳慢慢恢復正常，小夭輕輕掙脫了璟的手，「謝謝，我好了。」

璟的手縮回去，握成了拳頭，強自壓抑著心內的一切。

小夭站起身，客氣地對他行了一禮，縮到淳和西陵族長的身後。西陵族長說道：「我們過去坐吧！」

西陵族長帶著小夭和淳去了對面，和赤水氏的座席相對，旁邊是高辛和鬼方的座席。

璟問馨悅：「妳不是說她的病全好了嗎？」

馨悅怨怒地說：「顓頊親口對我和哥哥說小夭的病全好了，你若不信我，以後就別再問我與小夭有關的事！」

豐隆對璟打了個眼色，「你今天最好別惹她！」

顓頊身著吉服進來敬酒，眾人紛紛向他道賀：「恭喜、恭喜！」

馨悅微笑著說：「恭喜！」將杯中酒一飲而盡。

阿念今日一直板著臉，看到馨悅竟然還能笑，她也強逼自己擠出笑容，給顓頊敬了一杯酒，「恭喜！」

小夭只是沉默地和眾人同飲一杯，顓頊笑著謝過眾人的賀喜，去外面給其他賓客敬酒。

小夭低聲問淳：「淳弟，可能喝酒？」

淳不好意思地說道：「古蜀好烈酒，我是古蜀男兒，自然能喝。」

小夭說：「今日賓客多，你去跟著表哥，幫著擋擋酒，照應著表哥一點。」

這是把他當兄弟，絲毫不見外，淳痛快地應道：「好。」悄悄起身，溜出去找顓頊了。

西陵族長笑咪咪地對小夭說：「來之前，還怕你們沒見過面，一時間親近不起來，沒想到妳和顓頊這麼認親，淳也和你們投緣，這就好，這就好啊！」

小夭說：「我和表哥在外祖母身邊待過很長時間，常聽她講起古蜀，外祖母一直很想回去。」

西陵族長嘆了口氣，「這些年來，西陵氏很不容易，顓頊更不容易，日後你們兄弟姊妹要彼此扶持。」

「小夭謹記。」

西陵族長道：「我待會要出去和老朋友們喝幾杯，敘敘舊，妳也別陪著我這個老頭子了，自己找朋友玩去。」

小夭知道他們老頭子的敘舊肯定別有內容，說不定表舅舅想幫顓頊再拉攏些人，應道：「好，舅舅有事時差遣婢女找我就行。」

小夭看蓐收在給阿念灌酒，明白蓐收又在打鬼主意，不過有他打鬼主意，她倒樂得輕鬆，笑對蓐收拱手謝謝，蓐收笑著眨了眨眼睛。

小夭叮嚀海棠，「待會王姬醉了，妳就帶她回紫金宮去睡覺。」海棠答應了，小夭才放心離開。

小夭貼著牆，低著頭，悄悄走過眾人的座席。

她走到外面，輕舒了口氣。

一陣喝彩聲傳來，小夭隨意掃了一眼，卻眼角跳了跳，停下腳步，凝神看去。只看案上擺了一溜酒碗，一群年輕人正鬥酒取樂，防風邶穿著一襲白色錦袍，懶洋洋地笑著。

小夭驅策體內的蠱，卻沒有絲毫反應，頓時氣結，這到底是她養的蠱，還是相柳養的蠱？相柳能控制她，她卻完全無法控制相柳！難道蠱都懂得欺軟怕硬？

防風邶看向小夭，小夭想離開，卻又遲遲沒有動。

防風邶提著酒壺，向小夭走來。

小夭轉身，不疾不徐地走著，防風邶隨在她身旁，喧鬧聲漸漸消失在他們身後。

老遠就聞到丁香花的香氣，小夭循香而去，看到幾株丁香樹，花開得正繁密，草地上落了無數紫蕊。

小夭盤腿坐到草地上，防風邶倚著丁香樹而站，喝著酒。

小夭看著他，他笑看著小夭。小夭不說話，他似乎也沒說話的打算。

終是小夭先開了口：「你去參加了璟和意映的婚禮？」

「我再浪蕩不羈，小妹和塗山族長的婚禮總還是要去的。」

「我心裡的難受，你都有感覺？」小夭臉色發紅，說不清是羞是惱。心之所以被深藏在身體內，就是因為人心裡的情感，不管是傷心還是歡喜，都是一種很私密的感覺。可現在，她的心在相柳面前變得赤裸裸，她覺得自己像是脫了衣服，任憑相柳瀏覽。

相柳輕聲笑起來，「妳要是怕什麼事情都被我感覺到，就別瞎折騰自己，妳別心痛，我也好過一些。」

小夭聽到他後半句話，立即精神一振，問道：「我身體上九分的痛，到你身上只有一分，可我心上的痛，是不是我有幾分，你就有幾分？」

相柳坦率地道：「是！妳心有幾分痛，我心就有幾分痛。但那又如何？難道妳打算用這個對付我？」

小夭頹然。是啊！肉體的疼痛可以自己刺傷自己，但，傷心和開心卻作不得假。

相柳突然說：「我有時會做殺手。」

小夭不解地看著相柳，相柳緩緩說：「只要妳付錢，我可以輕易幫妳把防風意映和她的孩子都殺了。」

小夭苦笑，「你這可真是個餿主意！」

相柳似真似假地說：「妳以後別鬧心痛，再給我添麻煩，說不定我就決定把妳殺了！」

小夭不滿，「當年又不是我強迫著你種蠱。」

「當年，我知道妳很沒用，肯定會時常受傷，但沒想到妳這麼沒用，連自己的心都護不住。」

小夭張了嘴好似想辯駁，卻什麼都沒說出來，沒精打采地低下頭，好似一株枯萎的向日葵。

一匹天馬小跑著過來，相柳躍到馬上，「走嗎？」

小夭抬起頭，看著相柳，「去哪裡？」

「去海上。」

小夭猶豫。這裡不是清水鎮，大海距離中原很遙遠。

相柳並未催促小夭，手拉韁繩，眺望著天際。天馬也不敢出聲，在原地輕輕踩踏著馬蹄。

小夭再無法壓制骨血裡對海闊天空的渴望，猛地站了起來，「我們去海上。」

相柳回頭，凝視著小夭，伸出了手。

小夭握住他的手，攀上天馬的背。

天馬好似也感覺到可以出發了，激動地昂頭嘶鳴。相柳抖了下韁繩，天馬騰空而起。

苗莆從暗處衝了出來，焦急地叫：「王姬！」

小夭說道：「告訴哥哥，我離開幾天。」

待天馬飛離軹邑，相柳換了白鵰。

小夭坐在白鵰背上，看著相柳，覺得恍若隔世。

她問道：「你不把頭髮顏色變回去嗎？」

相柳說：「這顏色是用藥草染的，不是靈力幻化。」

「為什麼選擇這麼麻煩的方式？」

「第一次怕出錯，是染的，之後習慣了而已。」

小夭看著身邊的悠悠白雲，想著相柳也曾笨拙緊張過，不禁笑了出來。

相柳似知她所想，淡淡說：「在剛開始時，所有的惡人和普通少年一樣。」

小夭的笑意漸漸褪去。

半夜裡，他們到了海上。

小夭不禁站起來，閉上眼睛，深深吸了口海風。

相柳抓住她，突然，就躍下了鵰背。

大概知道相柳不會讓她摔死，小夭只是驚了下，並不怕，反而享受著從高空墜落的感覺。

風從耳畔颳過，如利刃一般，割得臉皮有點痛。全身都被風吹得冰涼，只有兩人相握著的手有一點暖意。

小夭忽然想，如果就這麼掉下去，摔死了，其實也沒什麼。

落入海中時，沒有想像中的滔天水花。

小夭睜大眼睛，好奇地看著。

海水在他們身前分開，又在他們身後合攏，他們的速度漸漸地慢了，卻依舊向著海下沉去。

過了好半晌，小夭終於切實地感受到了海水，將她溫柔地浸潤。

小夭一直憋著口氣，這時，感覺氣息將盡，指指上面，想浮上去。相柳卻握住了她的雙手，不許她上浮。

小夭惱怒地瞪著相柳，他難道又想逼她……那個什麼嗎？

相柳唇畔含著笑意，拉著小夭繼續往下游去，小夭憋得臉色由青轉白，腦內天人交戰，親還是不親？

當年是因為對璟的承諾，如今事過境遷，璟都已經成婚，她又何苦來哉，和自己的小命過不去……小夭終於做了決定，她拉著相柳的手，借他的力，向他湊了過去。

相柳端立在水中，笑吟吟地看著她，小夭有些羞、有些惱，垂下了眼眸，不敢直視他。

就在她要吻到相柳時，相柳居然側了側頭，避開了她，放聲大笑起來。

小夭羞憤欲絕，只覺得死了算了！摔脫相柳的手，不但沒有向上游，反而又往下游去。

相柳追在她身後，邊笑邊說：「妳別真憋死了自己！試著呼吸一下。我不讓妳上去，可不是想逼妳……吻我。」相柳又是一陣大笑，「而是妳現在根本無需用那東西。」

小夭將信將疑，試著呼吸了一下，居然真的和含著魚丹一樣，可以像魚兒在水裡自如呼吸，這才反應過來，相柳用本命精血給她續命，她能擁有一點他的能力並不奇怪。從此後，她就像海的女兒般，可以自由在水裡翱翔。

可此時，小夭沒覺得高興，反而恨不得撞死在海水裡。

小夭氣得狂叫：「相柳，你……你故意的，我恨你！」叫完，才發現自己居然和相柳一樣，能在海水裡說話。

「我、我能說話？」小夭驚異了一瞬，立即又怒起來，「相柳，我討厭你！你還笑？你再笑，我、我……我就……」卻怎麼想，都想不出對相柳強有力的威脅。他遊戲紅塵，什麼都不在乎，唯一在意的就是神農義軍，可再給小夭十個膽子，也不敢用神農義軍去威脅相柳。

相柳依舊在笑，小夭真是又羞臊、又憤怒、又覺得自己沒用，埋著頭，用力地游水，只想再也不要看見相柳了。

相柳道：「好，我不笑了。」可他的語聲裡仍含著濃濃的笑意。

小夭不理他，只是用力划水，相柳也沒再說話，小夭快，他則快，小夭慢，他則慢，反正一直隨在小夭身邊。

海底的世界幽暗靜謐，卻又色彩絢爛豐富。

透明卻身姿曼妙的水母；顏色各異的海螺、海貝；色彩明媚的魚群；晃晃悠悠的海星，在水波中一蕩一蕩，還真有點像天上的星星在一閃一閃……

游久了，小夭忘記了生氣，身與心都浸潤在海水中。

以前，不管她再喜歡水，水是水，她是她，縱使含了魚丹，也隔著一層。可這一次，卻覺得她在水中游，水在她身上流，她就是水的一部分，她可以永遠待在水裡。

相柳突然問：「是不是感覺很奇怪？」

小夭自如地轉了幾個圈，游到相柳身前，面朝著相柳，倒退著往前飄，「是很奇怪，我的身體和以前完全不一樣了。」

相柳淡淡說：「這就是妳活下去需要付出的代價，變成一隻怪物。」

小夭愣住，想起了有一次相柳為她療傷時說「不要恨我」。

相柳看小夭呆愣著，默不作聲，以為她為身體的異樣而難受。他笑了起來，猛然加快速度，從小夭身旁一掠而過，向著碧藍的大海深處游去。

小夭立即反應過來，急急去追他，「相柳、相柳……」

可是她一直追不上相柳，相柳雖然沒拋棄她，卻也沒回頭，留給她的只是一個遠遠的背影。

「啊……」小夭猛地慘叫一聲，團起身子，好似被什麼水怪咬傷。

相柳回身的剎那，已出現在小夭身旁，他剛伸出手，卻立即反應過來，他和小夭有蠱相連，如果小夭真的受傷了，他不可能沒感覺。相柳迅速要縮回手，小夭卻已緊緊抓住了他，一臉詭計得逞的笑意。

相柳冷冷地盯著小夭，「不想死，就放開！」

小夭看著相柳，怯怯地放開了手，可又立即拉住相柳的衣袖，「我開個玩笑而已！何必那麼小氣呢？」

相柳沒理會小夭，自顧向前游去，小夭抓著他的衣袖，緊緊地跟著他，「我的身體是變得和別人不一樣了，可我沒覺得這是為了續命而付出的代價，簡直就像是得了天大的好處！我高興都來不及呢！」

相柳依舊不理小夭，但也沒甩掉小夭的手。

小夭一邊琢磨，一邊絮絮叨叨地說：「你是九頭妖怪，有九條命，你為我續了一次命，我變得和你一樣能在海裡自由來去。你說，如果我再死一次，你再為我續一次命，我會不會變得和你……」

相柳盯著小夭，面沉如水。

小夭的聲音漸漸低了，囁嚅著：「變得、變得……我的意思是說……」她開始傻笑，「我、我什麼都沒說！」

相柳猛地掐住了小夭的脖子，湊到小夭臉前，一字一頓地說：「妳要敢再死一次，我就把妳剁成九塊，正好一個腦袋一口，吃掉！」

小夭用力搖頭。不敢，不敢，她絕不敢死了！

相柳放開了小夭，小夭一邊咳嗽，一邊嘟囔：「下次輕一點行不行？你救我也很麻煩，萬一掐死了，你捨得嗎？」說完後，小夭才驚覺自己說了什麼，猛地抬起頭，和相柳默默對視了一瞬，乾笑起來：「我是說你捨得你耗費的心血嗎？」

相柳微笑著，兩枚牙齒慢慢變得尖銳，好似正欲擇人而噬，「妳要我現在證明給妳看嗎？」

小夭忙捂著脖子後退，「不用，不用，我知道你捨得，很捨得！反正都能吃回去！」

相柳的獠牙縮回，轉身游走。

小夭忙去追趕相柳。

小夭漸漸地追上了相柳，一群五彩的小魚從他們身旁游過。

小夭伸出手，細長的五彩魚兒親吻著她的掌心，她能感受到牠們簡單的平靜，「牠們好平靜，似乎沒有任何情緒。」

相柳說：「這種魚的記憶非常短暫，不過幾彈指，也就是說，當妳縮回手時，牠們就已經忘記了剛才親吻過妳的掌心。」

沒有記憶則沒有思慮，甚至不可能有欣悅和悲傷，牠們的平靜也許是世間最純粹的平靜。

小夭一邊游著，一邊回頭，那幾條五彩魚還在水裡游來游去。小夭說：「我記得牠們，牠們卻已經忘記了我。以後我再看見牠們的同類，就會想起牠們，縱使初遇也像重逢；而牠們，每一次的遇見都是第一次，即使重逢也永遠是初遇。」

相柳問：「妳想記住，還是忘記？」

小夭想了一會，說道：「記住。縱使那是痛苦和負擔，我也想記住。」

小夭突然停住，凝神傾聽，空靈美妙的歌聲傳來，讓靈魂都在發顫，是世間不能聽到的聲音，她記得自己聽過。

相柳說：「那是……」

「鮫人求偶時的情歌。」

「妳怎麼知道？」相柳狐疑地看著小夭。

小夭裝作毫不在意地笑了笑，「我猜的。傳說鮫人的歌聲十分美妙動聽，大海中除了鮫人還有誰有這麼美妙的歌聲？」相柳不想讓她知道在她昏迷時，他曾陪著她做過的事，她也不想讓相柳知道她知道，那些擁抱和陪伴，就都埋葬在漆黑的海底吧！

相柳說：「鮫人的歌聲是很美妙，不過他們的歌聲也是武器，傳說你們高辛族的宴龍就是聽到鮫人的歌聲，才悟出音殺之技。」

小夭問：「能去偷偷看看他們嗎？」

相柳第一次露出為難的樣子。

小夭央求，「我從沒有見過鮫人，錯過這次機會，也不知道還能不能見到。」

相柳伸出手，「他們是很機敏的小東西，我必須掩蓋住妳的氣息。」

小夭握住他的手，隨著相柳慢慢游著。

小夭看到了他們。

鮫人是人身魚尾，女子有一頭海藻般捲曲濃密的秀髮，寶石般的眼睛，雪白的肌膚，十分美麗妖嬈；男子卻長得比較醜陋，可雙臂和胸膛肌肉鼓脹，顯然十分強壯有力。男鮫人舉著一個巨大的海貝，追逐著女鮫人邊歌邊舞；女鮫人一邊逃，一邊唱著歌，靈敏迅捷，總是不讓男鮫人碰到她。

在追逐中，女鮫人好似有些意動，慢了下來，男鮫人打開海貝，裡面有一顆拳頭大小的紫珍珠，發出晶瑩的光芒。

女鮫人笑著游進了海貝，捧起珍珠，欣悅地唱著歌，好似接受了男鮫人，在讚美他。

男鮫人也游進了海貝，抱住女子，熱情地親吻著女子，兩人的魚尾交纏在一起，有節奏地簌簌震顫。

相柳想拉著小夭離開，小夭卻不肯走，「他們在做什麼？」

相柳沒有回答，小夭專心致志地研究了一會，才忽然反應過來，原來這就是交尾啊！猛地轉過了身子。

貝殼裡兩個正交配的鮫人察覺了動靜，都露出利齒，憤怒地看過來。相柳抓住小夭就跑。

待確定鮫人沒追上來，小夭不相信地說：「你會害怕他們？」

「我不怕他們，但被他們撞破偷窺他們……總不是件光彩的事！」

小夭羞得滿臉通紅，「我哪知道他們會那麼直接？」

「這世上除了神族和人族，所有生物在求偶交配上都很直接。從數量來說，直接才是天經地義，不直接的只是你們少數，所以妳無權指責他們。」

小夭立即投降，「是，是，我錯了。」

相柳唇畔抿了絲笑意。

小夭好奇地問：「為什麼男鮫人要托著一個大海貝？」

「海貝就是他們的家。大的海貝很難獵取，越大表明男鮫人越強壯，女鮫人接受求歡後，他們便會在海貝裡交配，生下他們的孩子。珍珠其實是這些大貝怪的內丹，是鮫人給小鮫人所準備的食物。」

小夭想起她昏睡在海底的三十七年就是住在一個大海貝裡，當時沒留意，只記得是純白色，邊角好似有海浪般的捲紋，卻記不得它究竟有多大。小夭想問相柳，又不好意思，暗自後悔，當時怎麼就沒仔細看看睡了三十七年的貝殼究竟是什麼樣子呢？

相柳看小夭一言不發，臉色漸漸地又變得酡紅，不禁咳嗽了一聲，「我看妳臉皮挺厚，沒想到今日被兩個鮫人給治住了。」

小夭看了相柳一眼，難得地沒有回嘴。

兩人在海底漫無目的地逛著，到後來小夭有些累，躺在水中，一動都不動。

相柳問她：「累了？」

小夭覺得又累又睏，迷迷糊糊地說：「我打個盹。」說是打個盹，卻沉沉地睡了過去。只不過以水做榻，雖然柔軟，可水中暗流不斷，睡得畢竟不安穩。

一枚純白的海貝朝他們漂過來，到了他們身邊時，緩緩張開。相柳把小夭抱起，輕輕放在貝殼裡，他卻未睡，而是倚靠著貝殼，凝視著海中星星點點的微光。

小夭已經一年多沒有真正睡踏實過，每夜都會醒來兩三次，有時候實在難以入睡還要吃點藥。這一覺卻睡得十分酣沉，竟然連一個夢都未做，快醒時，才夢到自己在海裡摘星星。海裡的星星長得就像山裡的蘑菇一般，摘了一個又一個，五顏六色，放到嘴裡咬一口，還是甜的。小夭邊摘邊笑，笑著笑著，笑出了聲音，自己被自己給笑醒了，知道是個夢，卻依舊沉浸在美夢裡不願意睜開眼睛。

小夭睜開了眼睛，看到相柳靠著貝殼，一腿平展著，一腿屈著，手搭在膝上，低頭看著她，唇邊都是笑意。小夭笑著展了個懶腰，甜蜜地說：「我做了個好夢。」

相柳道：「我聽到了。」

小夭突然反應過來，他們在貝殼裡，想立即查看，又怕露了痕跡，只得按捺著躺了一會，才慢吞吞地起來，裝作漫不經意地四下看著。是那個貝殼，純白的顏色，邊角捲翹，猶如一朵朵海浪，十分美麗。

貝殼很大，裡面躺兩個人也一點不顯擁擠。在她昏迷時，她和相柳就睡在這裡面，三十七年，算不算是同榻共眠？那兩個鮫人把貝殼看作愛巢，相柳把這個貝殼當什麼？

小夭只覺一時間腦內思緒紛紛，臉發燙，心跳加速。

小夭暗叫糟糕，她能控制表情和動作，卻不可能控制心跳。果然，相柳立即察覺了，看向她。

小夭的臉紅得像是日落時的火燒雲，努力瞪著黑白分明的大眼睛，看著相柳。相柳的心急跳了幾下，小夭剛剛感覺到，卻又立即什麼都沒有了，她以為是自己心慌的錯覺。

小夭忙道：「我餓了！餓得心慌！」

相柳淡淡說：「走吧！」

相柳在前，領著小夭往上游去，小夭回頭，看向剛才棲息的貝殼。貝殼如一朵花一般，正在慢慢閉攏。

到了海面，天色漆黑，小夭才驚覺，他們居然在海下待了一夜一日。

相柳帶小夭到了一個小海島上。

小夭給自己烤了兩條魚，給相柳烤了一條像乳豬般大小的魚，用個大海螺燒了一鍋海鮮湯。小夭裝藥丸的袋子走到哪帶到哪，她自己的魚什麼都沒放，給相柳的魚卻抹了不少藥粉，還沒熟，已經是撲鼻地香。

小夭看著流口水，可實在沒膽子吃，只能乖乖地吃自己的魚。

相柳吃了一口魚肉，難得地誇了小夭一句：「味道不錯。」

小夭笑起來，問相柳：「我先喝湯，喝完後再給你調味，你介意喝我剩下的嗎？」

相柳淡淡說：「妳先喝吧！」

小夭喝完湯，覺得吃飽了，身上的衣服也乾了，全身暖洋洋地舒服。她往湯裡撒了些毒藥，和海鮮的味道混在一起，十分鮮香誘人。

相柳也不怕燙，直接把海螺拿起，邊喝湯，邊吃魚肉。

小夭抱著膝蓋，遙望著天頂的星星，聽著海潮拍打礁石的聲音。

相柳吃完後，說道：「我們回去。」

小夭沒有動，留戀地望著大海。如果可以，她真想就這麼浪跡一生。

「小夭？」相柳走到小夭面前。

小夭仰頭看著相柳，笑道：「你覺不覺得這就像是偷來的日子？有今夕沒明朝！」

相柳愣了一愣，沒有回答。

小夭指著海的盡頭問：「那邊是什麼？」

「茫茫大海。」

「沒有陸地嗎？」

「只有零星的島嶼。」

「什麼樣的島嶼？」

「有的島嶼寸草不生，有的島嶼美如幻境。」

小夭嘆了口氣，「真想去看看。」

相柳默默不語，忽然清嘯一聲，白鵰落下，他躍到了鵰背上，小夭不得不站起來，爬上去。

快到軹邑時，相柳把坐騎換成了天馬。

他們到小祝融府時，恰有人從小祝融府出來，雲輦正要起飛，相柳用力勒著天馬頭，讓天馬急速上升，那邊的馭者也急急勒住了天馬，才避免相撞。

相柳調轉馬頭，緩緩落下，雲輦內的人拉開窗戶，看向外面，相柳見是璟，笑著抱抱拳，「不好意思。」

璟道：「我們也有錯。」

小夭沒理會璟，跳下天馬，對相柳說：「你這段日子會在軹邑嗎？」

「也許在，也許不在。」

小夭笑著嘆了口氣，說道：「我走了。」

相柳點了下頭，小夭俐落地跑進了小祝融府。

相柳對璟笑著點點頭，策著天馬騰空而去。

璟緩緩關上窗戶，對胡啞說：「出發吧！」

小夭找到馨悅，馨悅對小夭說：「顓頊就住了一夜，今日下午已經帶淑惠去神農山了，不如妳今晚就住這裡吧！」

小夭道：「下次吧，今日我得趕緊回去。我沒和顓頊打招呼就和防風邶跑出去玩了，我怕他收拾我。麻煩妳派輛雲輦送我去神農山。」

馨悅道：「那我就不留妳了，立即讓人去準備，略等等就能走。」

馨悅陪著小夭往門外走去，小夭問道：「這段日子忙著哥哥的婚事，一直沒顧上和妳聊天，妳還好嗎？」

馨悅嘆了口氣，微笑道：「不開心肯定是有一點的，但自從我決定要跟著妳哥哥，早就料到今日的情形，所以也不是那麼難受。」

小夭也不知道能說什麼，只能拍拍她的手。

馨悅送小夭上了雲輦，叮囑著：「妳有時間就來看看我，別因為璟哥哥跟我也生分了。」

小夭笑著應了，待雲輦飛上天空，她卻臉色垮了下來。

到紫金頂時，天色已黑。

小夭急匆匆地奔進殿內，看到顓頊、淑惠、阿念正要用飯。淑惠看到小夭立即站了起來，顓頊盯了小夭一眼，冷著臉，沒理她。

小夭向淑惠行禮，說道：「嫂嫂，妳坐吧，一家人無需客氣。」

淑惠紅著臉，羞答答地坐下了。

阿念卻扔掉筷子，跑出了殿，小夭忙掩飾地說：「我和妹妹單獨吃，嫂嫂和哥哥用飯吧！」

小夭追上阿念，阿念邊走邊抹眼淚。

小夭攬住她，阿念推開小夭，哽咽著說：「妳做什麼去了？身上一股海腥味，別靠近我。」

小夭苦笑，這姑娘連傷心時都不忘記傲嬌。

進了阿念住的殿，海棠命婢女上菜，小夭對阿念說：「妳先吃，我去沖洗一下。」

小夭急匆匆地洗了個澡，才跑出去和阿念用飯。

阿念已經平靜，在默默用飯。

小夭說：「妳剛才那樣不好，淑惠是我們的嫂子，妳不給她體面，讓別人看到，只覺得妳在輕視顓頊。」

「我明白，一時沒控制住，以後我會學習克制自己的脾氣。」阿念困惑地問：「為什麼馨悅可以做得那麼好？」

「妳們看事情的角度不同，她看事情都是從大局出發，從某個角度而言，淑惠只是讓馨悅得到她想要一切的一枚棋子，雖然這枚棋子會讓她有些難受，可和她得到的相比，她完全能接受那點難受。而妳看事情……」小夭側著頭想了想，「妳看事情就是從妳喜不喜歡的角度出發。」

「我要怎麼才能像馨悅一樣？」

「妳羨慕她？」

阿念咬著唇，十分不想承認地點了下頭，「我覺得哥哥會比較喜歡馨悅那樣聰慧能幹、言辭伶俐、識大體、知進退的女人。」

小夭說：「阿念，妳是有些任性傲慢，也有點急躁衝動，但妳不需要變成馨悅那樣。」

「可是我怕哥哥會討厭我。」

小夭笑著搖搖頭，「他看著妳長大，妳是什麼性子，他一清二楚。既然當年他一無所有時都能慣著妳，日後他權勢滔天時當然也要慣著妳。」

「可是……」

「妳唯一需要改變的地方就是克制妳的脾氣，不能把妳的不開心遷怒到別的女人身上，妳若真該恨，應該恨顓頊。」

「我沒辦法恨他……」阿念的眼眶有些紅。

小夭說：「而且，就如我剛才所說，妳發脾氣，只會讓人家看輕顓頊。現如今大家都盯著顓頊的一舉一動，這會對顓頊不利。」

「我會改掉自己的脾氣，以後我若不開心，我就立即走開。」

「阿念，我再問妳一遍，妳還是決定要跟著顓頊嗎？」

阿念非常堅定地說：「我要和顓頊哥哥在一起。」

「妳能接受他只分出一小部分時間陪伴妳？」

「我說了，寧要哥哥的一分好，不要別人的十分好。」

小夭嘆氣，「那妳聽姊姊一句話，顓頊身邊的女人，妳都不需要理會，不管是馨悅，還是這個、那個的，妳都不要去理會。既然妳不能改變一切，妳就全當她們不存在。妳只需當顓頊來看妳時，盡情享受和他在一起的時光，當顓頊去陪其他女人時，妳就當他去處理正事了。」

「可萬一……萬一哥哥被別的女人迷住，忘記了我呢？」

顓頊會被女人迷住？除非那個女人叫王圖霸業才有可能。小夭大笑出來，阿念癟著嘴。

小夭忍著笑對阿念說：「只要妳還是阿念，顓頊永不會忘記妳。妳和她們都不同，所以顓頊一直在變相地趕妳走，他對別的女人可從來不會這麼善良！」

阿念似懂非懂，迷惑地看著小夭。

小夭覺得阿念的這個心魔必須消除，因此她很嚴肅地說：「顓頊絕不會因為別的女人而忘記妳，但如果妳一方面要跟著他，一方面卻接受不了，老是發脾氣，他倒是的確有可能會疏遠妳。」

阿念對這句話完全理解，默默思索了一會，說道：「姊姊，妳相信我，既然這是我的選擇，我一定不會再亂發脾氣。」

小夭說：「那妳信不信我告訴妳的話？」

阿念苦澀地說：「妳是哥哥最親近的人，妳說的話，我自然相信。」曾經，就是因為嫉妒小夭和顓頊密不可分的親近，她才總對小夭有怨氣。後來出現了別的女人，對小夭的怨氣反倒漸漸淡了，想起了小夭的好。

小夭愛憐地捏捏阿念的臉頰，「不要去學馨悅，妳也學不會。妳只需做一個能克制住脾氣的阿念就可以了，別的事情交給父王和我。」

阿念鼻子發酸，低聲說：「我是不是特別傻，總是要你們操心？」

小夭道：「過慧易損，女人傻一點才能聚福。」

阿念破涕為笑，「那我為了有福氣，應該繼續傻下去？」

小夭點頭，「傻姑娘，好好吃飯吧！」

顓頊連著十幾天沒理會小夭，小夭也不認錯，只不時笑嘻嘻地在顓頊身邊晃一圈，若顓頊不理她，她就又笑嘻嘻地消失。

十幾天過去，還是顓頊讓了步。當小夭又笑嘻嘻地晃到身邊時，他不耐煩地說：「沒正事做，就帶著阿念去山下玩，別在這裡礙眼！」

小夭笑對淑惠做了個鬼臉，坐到顓頊身邊，和顓頊說：「那我帶阿念去找馨悅了，馨悅老抱怨我現在不理她，也許我們會在她那裡住幾日。」

「去吧！」

小夭問淑惠：「嫂嫂去嗎？」

淑惠悄悄看了眼顓頊，紅著臉回道：「這次就不去了，下次再去看馨悅表妹。」

小夭帶著阿念去找馨悅，馨悅果然留小夭住下，本以為小夭會因為阿念拒絕，她也只是禮貌地一問，沒想到小夭答應了。

阿念知道小夭這是在磨她的脾氣，自己也的確想改掉急躁的脾氣，所以一直試著用平靜的心去看待馨悅，不要老想著她會和自己搶顓頊哥哥。阿念告訴自己必須記住，顓頊哥哥永不會被搶走，只會因為她的脾氣而疏遠她。

剛開始，每次馨悅和阿念談笑時，阿念都面無表情，說話硬邦邦的。有時候，馨悅故意撩撥她，嘰嘰喳喳地笑說她和顓頊的事，阿念好幾次都變了臉色，可每次想發作時，看到小夭倚在一旁，笑嘻嘻地看著她，她就又咬牙忍了下去。

日子長了，阿念發現忍耐並不是那麼難的一件事，有了第一次、第二次，第三次、第四次就變得自然了許多。忍耐也是一種習慣，需要培養。而且，真當她平靜下來，去聽馨悅說的話時，卻有一種古怪的感覺，好像馨悅看到的顓頊，並不完全是顓頊。

阿念有了一種古怪的心理優勢，她開始有點明白小夭的話，不論顓頊將來會有多少女人，顓頊都不會再以平常心對待，因為他已不再平常，她卻是獨一無二的。

阿念越來越平靜，有幾次馨悅好似無意地說起顓頊和她的親近時，阿念忍不住也想告訴馨悅，顓頊對她有多好。一直懶洋洋趴著的小夭抬頭盯了她一眼，阿念居然打了個寒顫，立即把要說的話全吞回去了。

事後，阿念才覺得不服氣，她知道自己怕父王和顓頊哥哥，可幾時竟然也怕小夭了？待馨悅走了，阿念質問小夭：「妳為什麼要瞪我？她能說得，我就說不得嗎？」

小夭悠悠說道：「酒是釀好了，立即打開香，還是封死了，藏在地下香？」

顓頊跟著俊帝學習了很長時間的釀酒，阿念也常在一旁幫忙，毫不猶豫地說：「當然是封死，藏在地下香了！真正的好酒，埋的時間越久，越香醇！」

小夭攤攤手，「道理妳都明白啊！」

阿念靜靜思索一會，明白了。她和哥哥之間的經歷，是平常歲月中的點點滴滴，不應該拿來炫耀。何況，為什麼要讓別的女人知道哥哥的好？只有她一個人知道，不是更好嗎？

小夭看阿念明白了，嘆道：「這世上，不只人會嫉妒，老天也會嫉妒，好事、快樂的事，都只要自己知道就好了，拿出來四處炫耀，萬一被老天聽到了，也許祂就會奪走。」老天奪不奪，小夭不肯定，卻肯定人一定會奪。

阿念記起父王曾有一次感慨「自古天不從人願」，差不多就是小夭的意思吧！阿念說道：「我知道了。」

小夭帶著阿念在小祝融府住了將近兩個月，到走時，阿念已經可以和馨悅說說笑笑，連馨悅都不敢相信，這還是那個一撩撥就著火的王姬嗎？不管她怎麼故意試探，阿念都能平靜地聽著，眉眼中有一種好似藏著什麼秘密的從容，倒變得有一點小夭的風範了。

回到紫金宮，阿念對淑惠就更加從容了，畢竟，在阿念眼中，只有馨悅可以和她一爭，別人她都沒放在眼裡。

顓頊驚嘆，問小夭：「妳怎麼做到的？」

「不是我，而是因為她自己。女人……」小夭嘆氣，「為了男人能把命都捨去，還有什麼做不到呢？」

顓頊聽出了小夭的話外之意，一時間卻不想思考這事，把話題轉到了小夭身上，「妳和璟已沒有關係，豐隆試探地問我，妳有沒有可能考慮一下他。」

「啊？」小夭暈了一會，才說道：「雖然璟已成婚，可我目前沒有心情考慮別的男人。」

顓頊沉默了一瞬，說道：「妳對璟另眼相待，他卻辜負了妳……他將來會後悔的！」

小夭眉梢有哀傷，「他的後悔我要來何用？既然不能在一起，不如各自忘得一乾二淨，全當陌路吧！」

「妳到現在，還沒忘記他？」

小夭想嘴硬地說「忘記了」，可她欺騙不了自己。

自從失去了璟，她再沒有睡過好覺。

她想他！她對璟的思念，超過任何人以為的程度，甚至嚇住了她自己。

她一直以為自己把一切控制得很好，即使璟離開，她也能坦然接受。可是，當一切發生時，她才發現高估了自己。她能憑藉強大的意志，理智地處理整件事情，控制自己的行為，不生氣、不遷怒、不失態、不去見他，依舊若無其事地過日子，可是每個夜晚，她控制不了自己的思念。

有一次，她夢到了璟在吻她，夢裡甘甜如蜜，驚醒時，卻滿嘴苦澀，連喝下的蜜水都發苦。

小夭不想回憶，可不管睜開眼睛、閉上眼睛，心裡的一幕幕全是兩人耳鬢廝磨時。記憶是那麼清晰，溫存似乎還留在唇畔，卻一切不可再得。

每次想到，以後再看不到他，聽不到他說話，他的一切與自己無關，她的生命也不會再有他的身影，那種痛苦，讓小夭覺得，寧願永墜夢裡，再不醒來。

小夭低聲說：「我以為一切都在我的掌控中，可原來，感情是不由人控制的。」

顓頊拍了拍她的背，無聲地嘆了口氣，「我陪妳喝點酒吧！」

小夭正想大醉一場，說道：「好！」

顓頊讓珊瑚去拿幾罈烈酒和兩個大酒碗。

小夭一口氣和顓頊乾了五碗烈酒，顓頊眼睛都不眨地依舊給她倒酒。

小夭漸漸醉了，對顓頊說：「你幫我挑個男人吧！」

顓頊問：「妳想要什麼樣的男人？」

「能作伴過日子，打發寂寞。別的都不要緊，關鍵是絕對不能有其他女人！否則我一定閹了他！」

顓頊不知道在想什麼，酒碗已經倒滿，他卻未察覺，依舊在倒酒，酒水灑了一案，小夭笑道：

「被我嚇到了嗎？我說的是真的！」

顓頊不動聲色地揮揮衣袖，案上的酒水化作白煙消失。

小夭端起酒，邊喝邊道：「也許就像外公所說，鶼鰈情深可遇不可求，但只要選對了人，相敬如賓、白頭到老並不難。我已經不相信自己了，你幫我選一個吧！」

顓頊緩緩說：「好，只要妳想，我就幫妳選一個。如果他做不到，不用等妳鬧他，我會先幫妳剁了他！」

小夭笑起來，醉趴在顓頊膝頭，喃喃說：「還是哥哥最可靠。」

顓頊一手端著酒碗，一手撫著小夭的頭，臉上是譏諷悲傷的微笑。

一年多後，防風意映順利誕下一個男嬰，塗山太夫人賜名為瑱。

塗山太夫人親眼看到璟接掌塗山氏，親眼看到篌不再和璟爭奪族長之位，親眼看到重孫的出生，終於放下了一切心事。

塗山瑱出生不到一個月，塗山太夫人拉著篌和璟的手，含笑而終。

這個堅強霸道的女人，少年喪夫、中年喪子，經歷軒轅和神農的百年大戰，用瘦弱的身軀守護了塗山氏上千年。她離去後，塗山氏的九位長老一致決定，全大荒的塗山店鋪都為太夫人掛起輓聯，服喪一個月。這是塗山氏幾萬年來，第一次為非族長的一個女人如此做，但沒有一個塗山氏子弟有異議。

顓頊不想小夭再和璟有絲毫瓜葛，並沒告訴小夭塗山太夫人去世的消息，但澤州城內到處都有塗山氏的店鋪，小夭去車馬行給相柳寄毒藥時，看到店鋪外掛著輓聯，知道太夫人走了。

當年，給太夫人看病時，小夭預估太夫人只能多活一年，沒想到太夫人竟然多活了兩年，應該是篌和璟的孝順讓太夫人心情大好，活到了重孫出生。

太夫人走得了無遺憾，可她想過給別人留下的遺憾嗎？

小夭心神恍惚地回到神農山，苗莆奏道：「蛇莓兒求見，瀟瀟姊讓她在山下等候，看她樣子，好像急著要離開。」

小夭剛下雲輦，又立即上了雲輦，下山去見蛇莓兒。

蛇莓兒見到小夭，跪下叩拜，小夭扶起她，說道：「這段日子我很少出山，剛才在山下才知道太夫人去世了，妳日後有什麼打算？」

蛇莓兒說道：「太夫人臨去前給了恩典，允許我落葉歸根。我準備回故鄉九黎，特地前來向王姬辭行。」

苗莆撇撇嘴，說道：「這個太夫人總算辦了件好事！不過就算她不這麼做，王姬也打算把妳弄出塗山家。」

小夭敲了苗莆的頭一下，「別在這裡廢話了！妳和珊瑚快去收拾些東西，給蛇莓兒帶上。」

蛇莓兒搖手，「不用，不用！」

小夭說道：「妳少小離家，老大才回，總要帶些禮物回去。」

蛇莓兒道：「族長已經賞賜了不少東西。」

小夭眼中閃過一絲黯然，笑道：「族長是族長的心意，我們的禮物是我、苗莆、珊瑚的一番心意。」

珊瑚和苗莆也說道：「是啊，是啊！我們很快的，妳一定要等等我們！」兩人說完，衝出門，躍上坐騎離開了。

小夭猶豫了會，問道：「太夫人過世後，塗山族長可還好？」

蛇莓兒道：「看上去不大好。以前，族長很和善風趣，這兩三年，除了在太夫人面前強顏歡笑著盡孝，我從沒見族長笑過。」

小夭眉梢藏著一縷愁思，默不作聲，蛇莓兒約略猜到她和璟之間有糾葛，怕她難過，不再談璟，說道：「太夫人去世後的第三日，篌公子的夫人藍枚也去世了。」

小夭想了一會，才想起那個存在感十分微弱的女子。在青丘時，她們見過幾次面，卻從沒說過話，小夭說：「怎麼會？她看上去不像有病。」

蛇莓兒說：「好像是為了篌公子外面的女人，她大概說了什麼，被篌公子打了幾巴掌，她一時想不開就服毒自盡了。據說她臨死前，還企圖去找族長評理。」

小夭嘆了口氣，「是個可憐人。」

蛇莓兒也長嘆了口氣，「女人最怕把心給錯人！」

小夭凝視著手中的茶碗，默默不語。

蛇莓兒打量了一圈，看四下無人，說道：「之前王姬提過體內的蠱，我思索到如今也沒想清楚到底是什麼蠱，但我想起九黎傳說中的一種蠱。」

小夭精神一振，仔細聆聽，「什麼蠱？」

蛇莓兒說：「一般的蠱都是子母蠱，母蠱可控制子蠱。養蠱、種蠱都容易，但傳說中有一種極其難養的蠱，蠱分雌雄，養蠱很難，比養蠱更難的是種蠱。若是女子養的蠱，必須找個男子才能種蠱，若是男子養的蠱，必須找個女子才能種蠱，常常養了一輩子都種不了蠱，所以這種蠱只在九黎的傳說中。」

「究竟是什麼蠱？」

「究竟是什麼蠱我也不知道，只知道牠的名字，叫情人蠱，據說『情人蠱，心連心』，和王姬說的情形很相似。」

小夭怔怔發了會呆，問道：「女子養的蠱，必須找個男子才能種蠱，這世上不是女人就是男人，聽上去不難種蠱啊！怎麼可能養一輩子都種不了蠱？」

蛇莓兒搖搖頭，愧疚地說：「我所學太少，當年聽完就聽完了，只當是傳說也沒尋根究底。但我們的巫王一定知道，王姬若有空時，就來九黎吧！雖然外面的人說我們很可怕，可是鄉親們真的都是好人！」

小夭道：「有機會，我一定會去九黎。」

蛇莓兒道：「我總覺得王姬和九黎有緣，希望有生之年，我能在故鄉款待妳。如果不能，我也會讓我的族人款待妳。」

蛇莓兒已經很老，這一別大概就是永別，小夭突然有幾分傷感。

蛇莓兒笑道：「我已心滿意足，多少九黎的男兒、女兒死在異鄉，我能回到故鄉，要謝謝王姬。」她在塗山家太多年，知道不少秘密，如果太夫人和篌不是顧忌到也會蠱術的小夭，不可能讓她發了毒誓，就放她離開，只怕她會是另一個下場。

珊瑚和苗莆拿著兩個包裹跑進來，蛇莓兒收下，道謝後，向小夭辭別。

小夭目送著蛇莓兒的身影消失在蒼茫天地間，轉頭看向東邊，那裡有清水鎮，還有遼闊無邊的大海，她捂住心口，喃喃說：「情人蠱？」

小夭腦海裡有太多思緒，讓珊瑚和苗莆先回去，她獨自一人，沿著山徑，慢慢地向紫金頂攀爬上去。

從中午爬到傍晚，她才看到紫金宮。

看著巍峨的重重殿宇，小夭突然覺得非常的疲憊，疲憊得就好像整個人要散掉了，她無力地坐在石階上。

山風漸漸大了，身上感覺有些冷，小夭卻就是不想動，依舊呆呆地看著夕陽餘暉中，落葉瀟瀟而下。

顓頊走到她身後，把自己的披風解下，裹到她身上，「在想什麼？想了一下午都沒想通嗎？」

「本來想了很多，一直都想不通，後來什麼都沒想了。其實，人生真無奈，不管再強大，世間最大的兩件事情都無法掌握。」

顓頊挑挑眉頭，「哦？哪兩件？說來聽聽！」

「生！死！我們無法掌控自己的生，也無法掌控自己的死。有時候想想，連這兩件大事都無法掌控，別的事情又有什麼好想、好爭的呢？真覺得沒意思！」

顓頊笑起來，「傻瓜，妳不會換個角度嗎？正因為生、死都無法掌控，我們才應該爭取掌控其他，讓生和死之間的一切完全屬於我們自己。比如，妳現在不高興，我就決定了，無論如何，一定要設法讓妳快樂起來。」

就為了顓頊的最後一句話，一切都是有意義的，小夭禁不住眼中露出笑意，卻故意板著臉說：

「好啊，你逗我笑啊！」

第二十七章

為君終不悔

這世上，誰活著都不容易，
感情又不是生活的全部，餓了不能拿來充飢，冷了不能拿來取暖，
哪裡會有那麼多不管不顧的感情？

仲春之月、腓日，黃帝下詔，要來中原巡視。

上一次黃帝來中原巡視還是兩百多年前，那一次巡視的經歷非常不愉快，曾經的神農山侍衛頭領刑天行刺黃帝，竟然一路突破重圍，逼到了黃帝面前，幾乎將黃帝斬殺。危急時刻，幸得后土相救，黃帝才險死還生。

那之後，刀光劍影、血雨腥風，中原死了一大批人，軒轅的朝堂內也死了一大批人，黃帝的六子軒轅休就死在那一次的風波中，八子軒轅清被幽禁，烜赫顯耀的方雷氏沒落。

如果把黃帝打敗蚩尤，統一中原，率領屬下登臨神農山頂，祭告天地算作黃帝第一次來中原巡視，那麼刑天行刺那一次就是第二次，如今是黃帝第三次巡視中原。對中原的氏族而言，黃帝每一次來中原，都血流成河，第三次會不同嗎？

沒有人能回答，每個氏族都嚴格約束子弟，謹慎小心地觀望著。

當顓頊把黃帝要來中原的消息告訴小夭時，小夭緊張地看著顓頊，「他為什麼要來中原巡視？他知道什麼了？還是兩個舅舅密告了什麼？」

顓頊心裡也發虛，卻笑著安慰小夭，「不要害怕，不會有事。」

小夭苦笑。能不害怕嗎？在她眼中，父王很和善，可父王能親手誅殺五個弟弟，株連他們的妻妾兒女，上百條性命，一個都沒放過。

在軒轅山時，外祖父也算和善，可是小夭清楚地知道，外祖父只會比父王更可怕！那是白手起家，率領著一個小小部落，南征北戰，創建了一個王國，又打敗了中原霸主神農國，統一大半個大荒的帝王！

顓頊握住小夭的肩膀，「小夭，我們一定不會有事！」

小夭的心漸漸地沉靜下來，她的目光變得堅毅，「縱使有事，我們也要把它變得沒事！」

顓頊的心安穩了，笑著點了下頭。

望日前後，黃帝到達阪泉。

阪泉有重兵駐守，大將軍離怨是黃帝打下中原的功臣。

黃帝在阪泉停駐了三日，邀請中原六大氏的長老前去觀賞練兵。

大將軍離怨沙場點兵，指揮士兵對攻。士兵並沒有因為安逸而變得缺乏鬥志，依舊像幾百年前他們的先祖一樣，散發著猛虎惡狼般的氣勢。

六大氏的長老看得腿肚子發軟，當黃帝問他們如何時，他們只知道惶恐地重複「好」。

黃帝微笑著讓他們回去，而隨著六大氏長老的歸來，沒過多久，整個中原都聽說了軒轅軍隊的氣勢威猛。

離開阪泉後，黃帝一路巡視，晦日時到中原的另一個軍事要塞——澤州。澤州距離神農山的主峰紫金頂很近，驅策坐騎，半個時辰就能到。顓頊想去澤州迎接黃帝，黃帝拒絕了，命他在紫金頂等候。

澤州也有重兵駐守，顓頊笑問小夭：「妳說爺爺會不會在澤州也搞個練兵？別只六大氏了，把什麼三十六中氏、八十一小氏都請去算了。」

「外公應該不會把一個計策重複使用，只怕有別的安排。」

顓頊嘆道：「也是，威嚇完，該懷柔了。」

季春之月正是百花盛開時，黃帝命蒼林準備百花宴，邀請各氏族來賞花遊樂。

璟、豐隆、馨悅都接到了邀請，眾人紛紛去赴宴，顓頊被晾在紫金頂。如果這個時候，顓頊還不明白黃帝在敲打他，那他就是傻子了。

俊帝也察覺了形勢危急，不惜暴露隱藏在中原的高辛細作，命他們迅速把小夭和阿念接離中原，送回高辛境內。為了安全，還下令他們分開走。

阿念糊里糊塗，只知道父王有急事要見她，因擔憂父王，立即上了坐騎，隨他們走了。

小夭卻對來接她的人說：「請你們告訴父王，我現在不能回去，原因他會理解。」

來接她的人沒辦法，只得離開。

小夭平靜地走進她居住的宮殿，拿出弓箭，開始練習箭術，每一箭都正中靶心。

顓頊來趕小夭走，小夭好整以暇，問道：「你沒有信心嗎？」

顓頊說：「我有！」

小夭笑咪咪地說：「那麼你就無需趕我走！」

顓頊惱道：「那好，我沒有！」

小夭依舊笑咪咪，「那麼我就不能走，你需要我的支援和保護！」

顓頊看著小夭，帶了一分哀求，「小夭，離開！」

小夭微笑著，眼中卻是一片冰冷，「你無需擔心我，我不是母親，黃帝對我沒有養育之恩，他要敢對我們下狠手，我就敢對他下狠手！」

顓頊凝視著小夭，緩緩說：「那好，我們一起。」

小夭嗖一聲射出一箭，將宮牆上的琉璃龍頭射碎，她收起弓箭，淡淡地說：「他畢竟撫養了你幾十年，若真到了那一步，你對他下不了手，交給我。」

小夭轉身離去，走向她的「廚房」。

顓頊握了握拳頭。他不想走到那一步，但如果真走到了那一步，他絕不會讓小夭出手！

一連幾日，黃帝在澤州大宴賓客。

顓頊在紫金頂勤勤懇懇地監督工匠們整修宮殿，沒有正事時，就帶著淑惠在神農山遊玩，去看山澗的百花。

季春之月、上弦日，有刺客行刺黃帝，兩名刺客被當場誅殺。據說，刺客死時還距離黃帝很遠，和百年前刑天的刺殺相比，簡直像小孩子胡鬧。

可是，事情的嚴重性並不比當年小，因為這都說明——有人想黃帝死。

據說兩名刺客的身上有刺青，證明他們屬於某個組織，效忠某個人。

黃帝下令嚴查，一時間中原風聲鶴唳，人人自危。

顓頊走進庭院，小夭正在拉弓射箭，一箭正中木偶人的心臟。

顓頊鼓掌喝彩，小夭笑問：「查出那兩個刺客背後的主使是誰了嗎？」

顓頊說：「我想應該沒有人能查出來。」

「為什麼？」

「我收到消息，那兩個刺客身上的刺青是用若木汁紋出。」若木是大荒內的三大神木之一，也是若水族的守護神木。顓頊的母親曾是若水族族長，她死後，若水族未推舉新的族長，因此從某個角度而言，顓頊就是現任的若水族族長。

小夭問：「紋身能檢查出年頭，外祖父讓人查了嗎？」

顓頊苦笑，「正因為查了，所以我說再不可能查出是誰主使。刺青究竟紋了有多久，查驗屍體的醫師沒有明說，但他說不少於三十年。」

小夭感慨，「兩位舅舅可真夠深謀遠慮，竟然早早就準備了這樣的人，不管刺殺誰，都可以嫁禍給你。一看刺青有幾十年的時間，自然沒有人會相信這是一個嫁禍的陰謀，畢竟誰能相信有人幾十年前就想好刺殺某個人時要嫁禍給你呢？」

顓頊嘆道：「爺爺對中原氏族一直很忌憚，我卻和中原氏族走得越來越近，大概有人進了讒言，爺爺動了疑心，所以突然宣布巡視中原。但在刺客行刺前，爺爺應該只是想敲打警告我一番，並不打算真處置我，可他們顯然不滿意，非要讓爺爺動殺意。」

小夭沒有搭箭，拉開弓弦，又放開，只聞嗡的一聲，「這種事連辯解都沒有辦法辯解，你打算怎麼辦？」

「靜觀其變。」

「外祖父這次來勢洶洶，一出手就震懾住了中原六大氏，緊接著又讓眾人明白只要別鬧事，大家可以繼續花照看、酒照飲。已傾向你的那些人，會不會被外祖父又嚇又哄的就改變了主意？」

顓頊笑道：「當然有這個可能！爺爺的威脅和能給予他們的東西都在那裡擺放著，實實在在，我所能給他們的卻虛無縹緲，不知何日才能實現。」

小夭嘆息。盟友倒戈，才是最可怕的事！

她急切地問：「那豐隆呢？豐隆會變節嗎？」

顓頊笑了笑，「他應該不會，他想要的東西爺爺不會給他，兩個王叔沒膽魄給，全天下只有我能給。但人心難測，有時候不是他想變節，而是被形勢迫不得已，畢竟他還不是赤水氏的族長，很多事他做不了主，要受人左右。」

「那曋氏呢？」

「他們不見得不想，但他們不敢。我娶的是曋氏嫡女，就算曋氏想和王叔示好，兩位王叔也不會信他們。」

這就像男女之間，有情意的未必能在一起，在一起的並不需要真情意，難怪氏族總是無比看重聯姻，大概就是這原因。

小夭問：「你什麼時候娶馨悅？」

顓頊自嘲地笑著，「妳以為是我想娶就能娶嗎？她現在絕不會嫁給我！這世上，除了妳這個傻丫頭，所有人幫我都需要先衡量出我能給他們什麼。」

小夭這才驚覺馨悅的打算。

她自己一直不肯出嫁，可為了幫顓頊鞏固在中原的勢力，就把曋氏推了出來，這樣她進可攻、退可守。如果顓頊贏，她就站在了天之顛；縱使顓頊輸了，她依舊是神農族沒有王姬封號的王姬，依舊可以選擇最出色的男子成婚。馨悅對顓頊不是沒情，但那情都是有條件的。馨悅就像一個精明的商人，把顓頊能給她的和她能付出的衡量得很清楚。

一瞬間，小夭心裡很是堵得慌，她收起弓箭，拉住顓頊的手，問道：「你難受嗎？」

顓頊奇怪地說：「我為什麼要難受？這世上，誰活著都不容易，感情又不是生活的全部，餓了不能拿來充飢，冷了不能拿來取暖，哪裡會有那麼多不管不顧的感情？女人肯跟我，除了一分女人對男人的喜歡外，都還有其他想得到的。馨悅所要，看似複雜，可她能給予的也多，其實和別的女人並無不同。我給她們所要，她們給我所需，很公平。」

「你自己看得開，那就好。」小夭無聲地嘆了口氣。顓頊身邊的女人看似多，可即使阿念，也是有條件的，她們喜歡和要的顓頊，都不是無論顓頊什麼樣都會喜歡和要的顓頊。

顓頊掐掐小夭的臉頰，「喂！妳這什麼表情？像看一條沒人要的小狗一樣看著我。我看妳平日裡想得很開，怎麼今日鑽起牛角尖了？」

小夭瞪了顓頊一眼，「人不都這樣嗎？冷眼看著時想得很開，自己遇上就想不開了！我雖然知道世間事本如此，可總是希望馨悅她們能對你好一點，再好一點！」

顓頊大笑起來，點了點小夭的鼻子說：「行了，我是真的一點都不在意，妳就別再為我忿忿不平了！」

小夭說：「既然馨悅選擇了作壁上觀，看來神農族絕不會幫你。」

顓頊笑道：「別胡思亂想了，現在最重要的是爺爺的態度，他們想利用帝王的疑心除掉我，很聰明！可爺爺也不是傻子！」

幾日後，黃帝派侍者傳諭旨，召顓頊去澤州見他。

接到諭旨後，紫金宮內氣氛壓抑，瀟瀟和暗衛都面色嚴肅，流露出壯士赴死的平靜絕然。

金萱為顓頊收集和整理消息，自然最清楚黃帝那邊的狀況，拜求顓頊千萬不要去澤州。澤州駐守著重兵，顓頊一旦去澤州，生死就都捏在黃帝的手掌心，而黃帝顯然已經開始懷疑顓頊是第二個軒轅休。

淑惠雖然並不完全清楚事態的危急，但她也感覺到此行凶多吉少，不敢干涉顓頊的決定，只是自己偷偷哭泣，哭得整張臉都浮腫了。

顓頊把所有的心腹都召集起來，對他們說：「我必須去澤州。如果不去，就證實了王叔的讒言，讓爺爺相信我是真有反心，想殺了他、取而代之，那麼爺爺可以立即派兵圍攻神農山。整個軒轅國都在爺爺背後，兵力糧草可源源不斷地供給，神農山卻只能死守，我根本沒有辦法和爺爺對抗。等到神農山破時，所有跟著我的人都會被處死。我不想死得那麼不值得，也不想你們這麼多有才華的人死得那麼不值得，你們是全天下的財富，不管我生、我死，你們都應該活著。」

禺疆他們都跪了下來，對顓頊砰砰磕頭，勸的、哭的、求的都有，顓頊卻心意已定，不管他們說什麼，都不為所動。

瀟瀟和一群暗衛求道：「我們陪殿下去澤州。」

顓頊笑道：「不必，如果爺爺真想殺我，你們去了也沒用，反倒引人注意，你們在澤州城外等我就可以了。」

瀟瀟紅著眼眶，應道：「是！」

站在殿門旁，靜靜聆聽的小夭走進去，說道：「我和你一塊去澤州。」

顓頊要開口，小夭盯著他，用嘴型說，「別逼我當眾反駁你！」

顓頊無奈地說：「好！」

小夭隨顓頊走向雲輦。

顓頊擋在雲輦外，不讓小夭上車，「小夭，妳真的不用跟我去，我既然敢去，就還是有幾分把握能活著回來。」

小夭說：「既然你有把握，我為什麼不能跟著去？正巧我也好久沒見過外祖父了。」

顓頊氣得說：「妳裝什麼糊塗？妳跟著我去，有什麼用？妳靈力那麼低，真有事逃都逃不快，就是個拖累！妳知不知道，妳這是在給我添麻煩？」

小夭狠狠地推了顓頊一把，從顓頊的胳膊下鑽進雲輦，蠻橫地說：「就算是給你添麻煩，我也要去！」

顓頊瞪著小夭，小夭又扮起了可憐，好聲好氣地說：「你不用擔心我，我好歹是高辛王姬，舅舅他們絕不敢明著亂來。這會兒你就算趕了我下車，我也會偷偷跟去澤州！」

顓頊知道小夭的性子，與其讓她偷著跟去，還不如帶在身邊。

顓頊無奈地吩咐馭者出發。這次去澤州，顓頊只帶了一名暗衛，就是駕馭天馬的馭者，叫鈞亦，是暗衛中的第一高手。

到了澤州，侍者領著他們去覲見黃帝。

正廳內，黃帝和蒼林都在。

黃帝倚靠在榻上，蒼林和另外三個臣子陪坐在下方。

四十多年沒有見，黃帝顯得更加蒼老了，整個人就像一塊枯木，能明顯地感覺到生命在從他體內流失。

顓頊和小夭上前磕頭，小夭只是平靜地問候，顓頊卻是黃帝親自撫養過幾十年，對黃帝的感情不同，雖然很克制，可和小夭的淡漠一對比，立即能看出顓頊的問候是有感情的。

這種對比，讓蒼林暗自蹙眉，黃帝卻神色複雜地看了一會顓頊。

黃帝讓顓頊和小夭坐，小夭笑嘻嘻地坐到了靠近蒼林的座席上，顓頊挨著榻角，跪坐下。

黃帝詢問顓頊，神農山的宮殿整修得如何了，顓頊把修好了哪些宮殿，還有哪些宮殿等待修葺，一一奏明。

蒼林嘲諷道：「你倒是真上心，難怪中原的氏族都喜歡你，連曋氏都把女兒給了你。你不會是在神農山住久了，就把這裡當了家吧？」

顓頊沒吭聲，好似壓根沒聽到蒼林的話。

其餘三個軒轅的臣子說道：「殿下的確和中原氏族走得太近了，要知道對他們不可不防！」

「軒轅有很多氏族，豎沙、月支……都有好姑娘，殿下迎娶的第一個妃子，怎麼也應該從軒轅國的這些老氏族中挑選。」

「殿下此舉的確傷了我等老臣的心。」

顓頊依舊垂眸靜坐，不說話。

黃帝一直盯著顓頊，突然開口問道：「如果你是軒轅國君，你會怎麼對待中原氏族？」

眾人面色全變，大氣都不敢喘。

顓頊立即磕頭，「孫兒不敢。」

「我問你話，你只需回答。」

顓頊思索了一會，緩緩回道：「鴻蒙初開時，天下一家，這大荒沒有神農國、也沒有軒轅國，後來興衰更替，先有盤古大帝，後有伏羲、女媧大帝，現如今有軒轅黃帝。孫兒想，如果是盤古大帝、伏羲女媧大帝復生，他們必定會把軒轅族、神農族都看作是自己的子民。只有把中原氏族真正看作自己的子民，才會是他們真正的國君。

爺爺，您打下中原是為了什麼呢？難道只是為了日日提防他們嗎？孫兒斗膽，覺得既然有魄力打下，就該有魄力把中原看作自己的，既然是自己的東西，哪裡來的那麼多忌憚和提防？軹邑和軒轅城有何區別？神農山和軒轅山又有何區別？只不過都是萬里江山中的城池和神山！」

顓頊一邊說，黃帝一邊緩緩地坐直了身子。他緊盯著顓頊，目光無喜無怒，卻讓廳內的其餘四人都跪到了地上，只有小夭依舊閒適地坐著，好似在看一場和自己沒有絲毫關係的戲。

一會後，黃帝看向蒼林，問道：「如果你是軒轅國君，你會怎麼對待中原氏族？」

蒼林又驚又喜，聲音發顫：「兒臣、兒臣……不敢！」

「說！」

蒼林立即回道：「軒轅國是倚靠著軒轅各氏族才打下了中原，只有這些氏族才最忠於軒轅國君，他們勇猛又忠心，身為國君就應該倚重這些氏族。而對中原氏族，兒臣覺得父王如今的做法是最睿智的。對中原氏族不可不用，卻不可重用，不可不防，要適可而止，所以要有重兵駐守在中原四處。

原本神農的軍隊要麼被困在西北，要麼拆散編入軒轅軍隊中，中原氏族子弟在軍中的升遷看似和軒轅各氏族一樣，卻都必須再經過秘密的審批。軒轅國君要想讓軒轅國保持今日的興盛、長治久安，就應該背後倚靠著軒轅的老氏族們，一手拿著武器，一手拿著美酒，對付中原氏族。」

黃帝沒說話，依舊面無表情，卻徐徐點了下頭。

蒼林心花怒放，強抑著激動，給黃帝磕頭。

黃帝說：「你們都起來吧！」

幾人都鬆了口氣，各自坐回自己的位置。蒼林看顓頊，顓頊依舊是剛才那樣子，既不見沮喪也不見緊張。

蒼林心內盤算了一番，悄悄給一個臣子遞個眼色。

那個臣子站起，奏道：「陛下，關於刺客的事一直未查出結果，紋身是唯一的線索，也許可以讓顓頊殿下幫忙參詳一下。」

黃帝說道：「好，你把有關刺客的事說給顓頊聽一下。」

那個臣子修行的應該是土靈，土靈凝聚成兩個栩栩如生的男子，每個男子的左胸口都紋著一個複雜的圖案。臣子指著紋身說道：「紋身是用若木汁液紋成，醫師判斷至少有三十年。大荒內都知道若木是若水族的神木，未得若水族的允許，任何人都不可靠近，怎麼有人可能折下若木枝？殿下可能給我們一個解釋？」

顓頊說：「我不知道，近幾十年若水族的長老沒有向我奏報過若木枝折損的事。」

臣子對黃帝奏道：「恕臣大膽，目前最有嫌疑的是顓頊殿下。為了陛下的安全，臣奏請陛下將殿下暫時幽禁，若能查到真凶，再還殿下清白。」

小夭嗤的一聲譏笑，「若查不到，是像對付八舅舅一樣幽禁一輩子呢，還是像對付六舅舅一樣殺了呢？」

一個老臣子自恃是老臣身分，斥道：「我等在議事，還請高辛王姬自重，不要擅自插嘴！」

小夭冷笑，「好啊，當年軒轅被蚩尤逼到軒轅城下時，怎麼沒有人對我娘說這句話？你如此有氣魄，當時去了哪裡，竟然要我娘領兵出征？你把我娘還給我，我立即閉嘴！」

老臣子氣得臉色發紅，卻實在無法回嘴，只得跪下，叫道：「請陛下為臣做主！」

黃帝淡淡說：「你一大把年紀，半隻腳都踩進黃土的人，和個小姑娘計較什麼？」

老臣紅著臉磕頭道：「是，臣失禮了。」

蒼林對小夭說：「六弟和八弟都心有不軌，意圖謀害父王，父王的處置十分公正，王姬難道是覺得父王處置錯了？王姬到底是同情他們，還是同情顓頊？」

小夭覺得剛才的話說得有欠考慮，抱歉地看了眼顓頊。顓頊對蒼林說：「王叔現在是在議我的罪，還是在議小夭的罪？」

蒼林不再逼問小夭，對黃帝道：「父王一人安危，關係到整個軒轅國，刺客事關重大，還請父王為天下安危，謹慎裁奪。」

黃帝垂眸沉思，眾人都緊張地看著黃帝。

小夭突然說：「外公，我有話想說。」

蒼林想張口，黃帝掃了他一眼，他閉上了嘴，黃帝對小夭溫和地說：「妳說吧！」

小夭問蒼林和三位臣子，「你們覺得顓頊是聰明人，還是個笨蛋呢？」

蒼林沒有吭聲，三個臣子對視了一眼，看黃帝看著他們，顯然在等他們的回答，一個臣子說道：「殿下當然算是聰明人了。」

小夭說：「天下皆知若水族和顓頊的關係，若木汁的紋身就相當於在死士胸膛上刺了『顓頊』兩字，你們都是軒轅的重臣，應該都會養幾個死士，幫你們做些見不得人的事，你們哪一個會在這些死士的胸膛上刻你們的名字？」

三個臣子氣得說：「王姬休要胡言！」

小夭譏諷道：「這個嫁禍的人把顓頊當什麼？白癡嗎？用若木汁紋身，唯恐別人不知道刺客是顓頊派的嗎？五舅舅，你會給自己養的死士身上刻『蒼林』兩字嗎？我看你絕對做不出這麼愚蠢的事，你覺得比你聰明的顓頊會做嗎？」

蒼林憤怒地吼了起來，「高辛玖瑤，妳……」

小夭笑咪咪地說：「不過，這個嫁禍的人也很聰明！他明白只要帝王的疑心動了，殺機一起，紋身不過是個引子，想要意圖不軌的證據有得是！王子們有幾個真的乾乾淨淨？如果外公現在仔細去查舅舅，絕對也能搜羅出一堆舅舅有不軌意圖的證據。可那真能代表舅舅想謀反嗎？當然不是！那只不過說明舅舅想要那個位置。」

小夭看著黃帝，朗聲問道：「身為軒轅黃帝的子孫，想要，有錯嗎？」

蒼林說：「想要沒有錯，可想殺……」

黃帝對蒼林揮了下手，打斷他的話，「你們都退下。」

蒼林急切地說：「父王……」

黃帝看著蒼林，蒼林立即低頭應道：「是！」和三個臣子恭敬地退了出去。

黃帝問顓頊，「真是你想殺我嗎？」

顓頊跪下，「不是我。」

黃帝冷冷問：「你在神農山只是修葺宮殿嗎？」

顓頊掌心冒汗，恭敬地回道：「孫兒一直謹記爺爺的教導，努力做好分內之事。」

黃帝盯著顓頊，顓頊紋絲不敢動地跪著，半晌後，黃帝說：「我相信這次刺客不是你主使，你回去吧！」

顓頊磕了三個頭後，站起。

小夭跪下，磕頭告辭，「謝謝外公。」這會她說起話來倒是真誠了許多，笑容也分外甜美。

黃帝笑起來，「妳啊，若是個男孩兒，還不知道要如何作亂！」

小夭笑道：「再亂又能如何？就算我要搶，也是去搶我父王的位置。」

黃帝說：「《神農本草經》應該在妳手裡吧！妳的醫術究竟學得如何？」

小夭猜黃帝是想讓她檢查一下身子，誠實地回道：「我的醫術遠遠不如我的毒術。不過，外公若想讓我幫您看看身子，我會盡力。」

黃帝嘆了口氣，笑道：「讓妳看病，需要勇氣，我得再想想。」

小夭笑做了個鬼臉。

黃帝道：「你們去吧！」

顓頊和小夭出了黃帝暫時居住的府邸，顓頊加快了步子，低聲對小夭說：「小心！」

小夭明白了，不管黃帝是否會放顓頊離開澤州，蒼林都沒打算讓顓頊活著回到神農山。

上了雲輦，顓頊神情凝重地對馭者鈞亦說：「全速離開澤州，和瀟瀟會合。」

四匹天馬展翅揚蹄，雲輦騰空而起。

雲輦正在疾馳，無數羽箭破空而來，鈞亦靈力高強，並未被箭射中，可有兩匹天馬被射中。受傷的天馬悲鳴，另兩匹天馬受了驚嚇，開始亂衝亂撞，雲輦歪歪扭扭，眼看著就要翻倒。

「棄車！」顓頊把小夭摟在懷裡護住，飛躍到一匹未受傷的天馬上，鈞亦翻身上了另一匹天馬，揮手斬斷拖車的繩子。

遠處，十幾個殺手驅策坐騎飛來，呈扇形包圍住顓頊。射箭的殺手只有兩人，可因為設了陣法，到顓頊身邊時，箭密密麻麻，雖然有鈞亦的拚死保護，也險象環生。

小夭動了動，想鑽出來，顓頊一手拉著韁繩，一手按住小夭，喝道：「別動，衝出澤州城就安全了！」

小夭的手上出現一把銀色的弓，「你防守，我進攻！」

顓頊愣了一愣，小夭已挽起了弓，弓弦一顫，銀色的箭疾馳而去，不偏不倚正中遠處坐騎上一個人的心口。

顓頊雖然知道小夭一直苦練箭術，可他從沒想到小夭會這麼厲害，驚喜下，竟忍不住低頭在小夭的頭上親了一下。

小夭說：「我只能射三箭。」

顓頊說：「足夠了！」

截殺他們的殺手選擇了利用陣法遠攻，他們只能挨打，此時有了小夭，顓頊沒打算客氣了。小夭不懂陣法，顓頊卻能看出陣眼所在，顓頊說：「坤位，第三個。」

他聲音剛落，小夭的銀色小箭已射出，對方已有防備，可小夭的箭術實在詭異，箭到身前，居然轉了個彎，但小夭畢竟靈力不夠，箭被對方的靈力一震，偏了偏，沒射中要害。

鈞亦正可惜箭只是射中了小腿，但那人居然直挺挺地摔下坐騎。

鈞亦這才想起，王姬好像會用毒。

設陣的人被射死，箭陣被破，追殺他們的殺手只能放棄靠遠攻殺死顓頊的打算，驅策坐騎包圍了過來。

小夭看看四周，十幾個靈力高強的殺手，澤州城的城牆卻還看不到。她靈力低微，近身搏鬥，完全是拖累，顓頊的靈力在這些專業殺手面前，也實在不能看，只鈞亦一個能打，顯然，逃生的機會很小。

顓頊和小夭卻都很平靜，趁著鈞亦暫時擋住殺手，兩人從容地打量了一番四周。

顓頊說：「這麼大動靜，澤州城的守衛竟然沒有絲毫反應。」

小夭勾起一抹壞笑，說道：「我有個主意，不過需要你幫我。」

顓頊笑道：「我也正有此意。」

小夭挽弓，對準的是他們來時的方向——黃帝暫居的府邸。顓頊的手撫過箭，用所有靈力，為箭加持了法術。

小夭盡全力射出了箭，箭到府邸上空時，突然化作了無數箭，像雨點般落下。

這些箭當然傷不到人，但聲勢很驚人，再加上剛發生過行刺，侍衛們都心弦緊繃，立即高呼：

「有人行刺！」

就像一顆巨石投入了湖水，漣漪從黃帝的居所迅速外擴。

被蒼林買通的將領可以對追殺顓頊的殺手視而不見，但對刺殺黃帝卻不敢有一絲怠慢。

為了保住自己的官位，甚至性命，他們顧不上蒼林的交代了，迅速全城警戒，所有人出動。

士兵從四面八方湧來，十幾個殺手都不敢輕舉妄動，生怕被誤會成是來行刺黃帝的刺客。

統領上前給顓頊行禮，顓頊指著那一堆殺手，說道：「我看他們形跡可疑，你們仔細盤問。」

十幾個殺手只能眼睜睜地看著顓頊大搖大擺地離開了澤州城。

剛出澤州城，瀟瀟他們立即迎了上來，都露出劫後餘生的笑意。

顓頊棄了天馬，換成重明鳥坐騎，他對小夭說：「小夭，謝謝妳！」

小夭昂起頭，睨著顓頊，「我是你的拖累嗎？」

顓頊攬住小夭，「妳不是！我起先說的那些話……反正妳明白。其實，有時候，我倒想妳是我的拖累，讓我能背著妳。」

小夭笑起來，故意曲解了顓頊的話，「你想背我？那還不容易，待會就可以啊！」

顓頊笑道：「好，待會背妳！」

小夭問顓頊：「此次孤身入澤州，你究竟有幾分把握能出來？」

顓頊對小夭說：「本來只有三成，可我收到了師父的密信，又加了三成，六成把握，已經值得走一趟。」

「父王說什麼？」

「師父告訴我大伯的死因，其實大伯不能算死在蚩尤手裡，因為當年爺爺誤以為大伯要殺他，所以對大伯動了殺意，大伯的死絕大部分是爺爺造成的。」

小夭愣住。

顓頊說：「師父說大伯是爺爺最悉心栽培的兒子，也是最喜歡、最引以為傲的兒子，可就因為一念疑心動，一念殺機起，失去了最好的兒子。師父說，他已經致信給應龍將軍，請他奏請爺爺給我一個解釋的機會。師父說大伯的死一直是爺爺心中無法釋懷的痛，叮囑我一定不要輕舉妄動。」

小夭說：「看來外公傳你去澤州，是給你一個解釋的機會。」

顓頊點頭。

小夭說：「暫時逃過一劫，但外公最後問你的那句話可大是不妙。」私自擁兵比起意圖行刺，很難說哪個罪名更重，反正結果都是殺頭大罪。

顓頊面色凝重，「其實這才是我最擔心的事，別的那些事情，只有蒼林那幫鼠目寸光的東西才會揪著不放。」

到了紫金頂，顓頊驅策坐騎重明鳥落在紫金宮外的甬道前。

顓頊拉著小夭躍下坐騎，蹲下了身子，「上來吧！」

小夭驚笑，「你真的要背我？」

「難道妳以為剛才我在逗著妳玩？」顓頊回頭，瞅著小夭，意有所指地說：「我說了，我願意背妳！」

小夭說：「我明白。我們趕緊回去吧！他們都等著你呢！」

「怎麼？妳不肯讓我背嗎？小時候，是誰偷懶不肯走路，老讓我背的呢？」

小夭看看瀟瀟他們，低聲說：「你不怕別人笑嗎？」

「誰敢笑我？紫金頂上我還能說了算，上來！」

「背就背，你都不怕，我怕什麼？」小夭挽起袖子，躍上了顓頊的背。

顓頊背著小夭，一步步踩著臺階，向紫金宮走去。

從下往上看，紫金宮外種植的鳳凰樹分外顯眼，再過幾年，應該就會開出火紅的花，燦若錦緞、雲蒸霞蔚。

小夭嘆道：「鳳凰樹已經長大了。」

顓頊說：「是啊！」

小夭摟緊了顓頊的脖子，「哥哥！」

「嗯？」

「我們一定要好好活著！」

「好！」

顓頊背著小夭一直走進紫金宮，才放下了小夭。

顓頊對小夭說：「夜裡，我要出去一趟，妳和我一塊去嗎？」

「去啊！」

「璟會在。」

小夭笑笑，「我和他已沒有關係，只當他是哥哥的朋友，為什麼要迴避他？」

「那好。」

深夜，顓頊帶小夭和瀟瀟悄悄去神農山的丹河。

到了密會的地點，瀟瀟消失在林木間。顓頊把一枚珠子投入水中，不一會，一個大水龜浮出水面。水龜張開嘴，顓頊拉著小夭，躍入龜嘴中。水龜合攏嘴，又潛入了水底。

顓頊領著小夭往前走，小夭這才發現，這並不是真的水龜，只是一艘和水龜一模一樣的船，因為四周密閉，所以可以在水底潛行。

走過龜脖子的通道，進入龜腹，裡面就如一個屋子，榻案簾帳一應俱全，璟和豐隆正在吃茶。

小夭早知道璟會在，已做好心理準備，神情如常，笑著對兩人問好，真的就是把璟看作了顓頊的朋友。

璟卻沒料到小夭會來，神色驟變，當發現小夭對他自然大方，已經把過去一切都當作了過眼雲煙時，他更是難掩內心神傷。

小夭微微笑著，毫不在意，其他兩人只能當作什麼都沒感受到。

豐隆笑對小夭說：「以前聽馨悅說，妳妹妹很是瞧不上我們赤水家造的船，這艘船如何？」

小夭點點頭，「很好。在這裡談事情，隱密安全，絕不會有人能偷聽到。」

豐隆對顓頊舉杯，「先給你賠罪，知道你今日孤身犯險，我卻什麼忙都幫不上。」

顓頊道：「有些事情必須我自己承擔。現在形勢不明，眾人都巴不得躲著我走，你和璟能在這個時候主動要求見我，已是危難時方見真義。」

豐隆看了眼璟，說道：「我和璟商量過，現在的局勢看似對你不利，但實際上，你並不是沒有優勢。四世家中的西陵、鬼方都站在你這一邊，塗山氏也站在你這一邊，只要我當上赤水氏的族長，我保證赤水氏也支持你，四世家，再加上六大氏之首的曋氏，已經是不容小覷的力量。就算神農族仍舊不願表明態度，可很多人總會把我和神農族聯繫到一起，只要神農族不明確表示反對你，中原的氏族絕大多數都會選擇你。現在的關鍵是，你該如何利用這個劣勢的機會，我怎麼能儘快當上族長。」

從豐隆的話中，顓頊得到一個重要訊息——璟以族長的身分決定了支持他。他又驚又喜，本以為小夭和璟分開了，璟會選擇中立，沒想到璟不但願意給他幫助，還明確表明塗山氏會支持他，看來豐隆花了不少力氣遊說璟。

顓頊只覺這真的是大旱中來了雨露，不禁站起，對璟和豐隆作揖，「人人自危，你們卻……此恩不敢忘，謝謝！」

璟站起，還了一禮，「殿下不必客氣，天下能者居之，我和豐隆如此選擇，是因為你值得我們如此選擇，要謝該謝你自己。」

豐隆嘲笑道：「顓頊，這天下能像你一般，毫不客氣地把整個天下都看作自己家的人可沒幾個！至少我沒見過。別說那幫故步自封、特把自己當回事的中原氏族，就是看似超然物外的四世家還不是只盯著自己的一畝三分地？軒轅的那些氏族們就更不用提了，和地頭的老農一樣，苦哈哈一輩子，好不容易豐收了，整日戰戰兢兢，生怕人家去搶了他們的瓜果。」

小夭噗哧笑了出來，「你可真夠毒辣的，一句話把整個天下的氏族都罵了。」

豐隆可憐兮兮地說：「其實老子的日子過得最苦，看他們都不順眼，卻整日要和他們磨，幸虧還有顓頊這個異類，否則我這個異類非苦死了不可，逼到最後，也許只能去造反！可這已不是亂世造英雄的時代了，造反註定會失敗！」

顓頊敲敲几案，示意豐隆別再胡說八道。豐隆咳嗽了一聲，肅容道：「今日來見你，主要就是告訴你，我和璟都堅定不移地支持你。另外，就是希望你有些事情要當斷則斷，不是每個人都像我和璟這般有眼光，大部分的俗人都必須要看到你切實的行動，才會決定是否投靠你。你明白嗎？」

顓頊對豐隆說：「爺爺問我在神農山除了修葺宮殿，還做了什麼。」

豐隆臉色變了，「他知道什麼了嗎？」

顓頊搖頭，「就是不知道他知道了什麼才懸著，也許爺爺只是試探，也許他真的察覺到了什麼。今日這裡正好很隱密，把這事和璟說一聲吧！」

豐隆對璟說：「顓頊在神農山裡藏了兩萬精兵。」

璟沒有絲毫異樣，只是頷首，表示知道了。

豐隆難以置信地搖搖頭，這傢伙可真是天塌下來，也能面不改色。

豐隆對顓頊說道：「不管陛下是試探還是真察覺了什麼，反正你都想好該怎麼辦吧！就如我剛才所說，陛下在澤州，看似你處於劣勢，但你也有很多優勢，關鍵就是你怎麼處理。」

顓頊點了下頭，「我明白。」

顓頊起身，向兩人告辭，「出來有一陣子，我得回去了。」

豐隆瞅了小夭一眼，好似有些話到了嘴邊，卻說不出口，又吞了回去。

侍從送顓頊和小夭出來，水龜張開嘴，顓頊拉著小夭從龜嘴飛躍到了岸上。

水龜迅速潛入水中，消失不見。

瀟瀟顯身，對顓頊說道：「岸上沒有人跟蹤。」

顓頊點點頭，「回紫金宮。」

顓頊把小夭送到了寢殿，轉身想走，卻又停住步子，回身問道：「見到璟是什麼感覺？」

「你一大堆事情要做，還有閒情操心我的瑣事？」

顓頊問：「妳心裡真和妳表面一樣，把一切都當作了過眼雲煙？」

小夭沉默了一會，輕聲道：「不是。我看到他難受的樣子，居然覺得有點開心。如果他今日和我一樣，談笑如常，雲淡風輕，我只怕會很難過。」小夭自嘲地吁了口氣，「明知道一切都已過去，我想儘快忘記他，嘴裡也說著大家只當陌路，可心底深處並不想他忘記我。我心口不一……我自己表現得什麼都不在乎，卻不允許他不在乎，如果他真敢這麼快就不在乎了，我非恨死他不可……」小夭搖頭苦笑，「我是不是很有病？」

顓頊怔怔地聽著，一瞬後，才道：「這不是有病，只是妳對他動了真情。」

顓頊的表情很苦澀，「小夭，我現在心裡很後悔，如果不是我當年太想藉助塗山璟的力量，也許就不會有今日的一切。」

小夭走到他身前，「你忘記了嗎？在你出現之前，我就救了他。」

「那時妳可沒對他動情，是我不但給了他機會，還為他創造機會，讓他一步步接近妳。」

和璟走到今日，的確很多次都是因為顓頊——如果不是顓頊要抓她，她不會找璟求助，也許某一天換掉容貌，就無聲無息地消失了；如果不是顓頊把他們關在龍骨地牢裡，璟不會有機會提出十五年之約；如果不是因為顓頊需要璟，她不會明明決定了割捨又回去找璟……

小夭推著顓頊往外走，笑道：「我和璟之間的事，你只是適逢其會，何況我並不後悔喜歡他，你又何必趕著自責？不要擔心，時間會撫平一切，我只是還需要一些時間去忘記他。」

顓頊扭頭，「小夭……」

小夭嚷：「睡覺了！一大堆人的生死都繫在你身上，你必須保持清醒的頭腦！」

顓頊說：「好！妳也好好休息。」

「放心吧，我從不虧待自己。」

小夭關上了門，走到榻旁，緩緩躺倒。

她很清楚今夜不藉助藥物，怕是難以入睡，便取了顆藥丸吞下。藥效發作後，昏睡了過去。

白日裡，因為顓頊，心神分散，反而好過一些，夢裡卻再無外事打擾，所有的難過都湧現。

夢到了璟，小夭從沒見過他的兒子，夢裡的小孩看不到臉，伏在璟懷裡，甜甜地叫爹爹，璟在溫柔地笑。

小夭奔跑著逃離，一眨眼，從青丘逃到清水鎮，跳進河裡，用力地划水，她游進了藍色的大海，無邊無際，自由暢快。

可是，她真的好累！這茫茫天地，她究竟該往何處去？防風邶出現在海上，坐在白色的海貝上，笑看著她，一頭漆黑的頭髮飄拂在海風中。小夭朝他游過去，可突然之間，他的頭髮一點點變白，他變作了相柳，冷漠地看著她，白色的貝殼、白色的相柳，就如漂浮在海上的冰山。

黑髮的他、白髮的他，忽近忽遠……小夭猛然轉身，向著陸地游去，一邊划水，一邊淚如雨下……

小夭從夢中驚醒，枕畔有冰冷的濕意，一摸臉頰，才發現竟然真的是滿臉淚水。

第二十八章

他春帶愁來

無數個炎熱的夏日夜晚，他們坐在竹席上乘涼，
那時，生活中唯一的苦難就是相柳。
清水鎮的日子遙遠得再觸碰不著，卻一直在她的記憶中鮮明……

黃帝來中原巡視，理當登神農山，祭拜天地，祭祀盤古、伏羲、女媧和炎帝。即使兩百多年前那次巡視中原，碰到刑天行刺的重大變故，黃帝也依舊登了神農山，舉行祭拜和祭祀儀式，才返回軒轅山。

可這一次，黃帝一直停駐在澤州，遲遲沒有來神農山。

黃帝一日不走，中原所有氏族一日提心吊膽。

季春之月、十八日，黃帝終於擇定孟夏望日為吉日，宣布要上紫金頂，卻未命一直在神農山的顓頊去準備祭拜和祭祀儀式，而是讓蒼林準備。

因為上一次蒼林和顓頊的回答，蒼林認定黃帝的這一決定代表了黃帝的選擇，很多人也是如此認定，紛紛攜帶重禮來恭賀他，讓蒼林喜不自禁。黃帝又和顏悅色地對蒼林說：仔細準備，務必要盛大隆重，他會在祭拜儀式上宣布一件重要的事。蒼林心如擂鼓，幾乎昏厥，不敢相信多年的渴盼

就要成真，於是不遺餘力，務求讓黃帝滿意，也是讓自己滿意。

關於黃帝已經擇定蒼林為儲君的消息不脛而走，蒼林宅邸前車如水、馬如龍，紫金頂卻顯得門庭冷落。

一日，小夭接到馨悅的帖子，請她到小祝融府飲茶。

自從黃帝到中原巡視，馨悅一直深居簡出，和顓頊一次都未見過，這次卻主動邀請小夭，小夭自然是無論如何都要跑一趟。

小夭到小祝融府時，馨悅把小夭請進了密室，豐隆在裡面。

馨悅笑道：「我去準備點瓜果點心，哥哥先陪陪小夭。」

小夭很是詫異，她以為是馨悅有話和她說，沒有想到竟然是豐隆。

待馨悅走了，小夭問道：「你神神秘秘地把我叫來，要和我說什麼？」

豐隆抓著頭，臉色有點發紅，支支吾吾了一會，卻什麼都沒說出來，小夭好笑地看著他。他倒了一碗酒，咕咚咕咚灌下，重重擱下酒碗，說道：「小夭，妳和我成婚吧！」

「啊？」小夭愣住。

豐隆一旦說出口，反倒放開了，「妳覺得我們成婚如何？」

小夭有點暈，「你知道我和璟曾……你和璟是好朋友、好兄弟，你不介意嗎？」

「這有什麼好介意的？好東西自然人人都想要，我只是遺憾被他搶了先，可惜他終究沒福，和妳沒有夫妻的緣分。我做事不喜歡遮遮掩掩，來問妳前，已經告訴璟我想娶妳，我和他直接挑明說了，只要妳答應了嫁我，我一定會好好珍惜妳，希望他也把一切念頭都打消，妳於他而言，從今往後，只是朋友的妻子。」
「他怎麼說？」
「他什麼都沒說。看得出他很難過，但只要妳同意，我相信他會祝福我們。」
小夭微笑著，自己斟了一碗酒，慢慢地啜著，「豐隆，你為什麼想娶我？」
豐隆不好意思地說：「妳長得好看，性子也好，還能和我拚酒。」
小夭笑道：「這三樣，娼妓館裡的娼妓都能做得比我好。」
豐隆笑著搖頭，「妳……可真有妳的！這話都能說出口！」
小夭說：「告訴我你真正想娶我的原因。」
「剛才說的就是真正的原因，不過只是一部分而已。顓頊現在需要幫助，我如果想給他幫助，就必須當上族長，可族裡的長老都覺得我的想法太離經叛道，一直讓爺爺再磨練我幾十年，把我的性子都磨平。如果我想立即接任族長，必須讓所有的長老明白他們不可再與我作對，還有什麼比娶了妳更合適？」
「你娶我只是因為我哥哥需要幫助？」
豐隆嘆了口氣，「妳可真是要把我的皮一層層全剝掉！好吧，我也需要妳，現在需要妳幫我登上族長之位，將來需要透過妳，鞏固和顓頊的聯盟。這世間，縱有各式各樣的盟約，可最可靠的依舊是姻親。妳是軒轅黃帝和嫘祖娘娘唯一的外孫女，顓頊的妹妹，娶了妳，意味著太多東西，妳自己應該都明白。」

小夭道：「也意味著很多麻煩。塗山太夫人就很不喜歡我帶來的麻煩，我記得你們四世家都有明哲保身的族規。」

豐隆大笑起來，「小夭，妳看我所作所為像是遵守族規的人嗎？如果妳擔心我爺爺反對，我告訴妳，我爺爺可不是塗山太夫人。我們赤水氏一直是四世家之首，幾千年前，嫘祖娘娘都向我們赤水家借過兵！若沒有我們赤水氏的幫助，也許就沒有後來的軒轅國！我能娶妳，我爺爺高興都來不及！」

「顓頊和你說過想娶我的條件嗎？」

「說過。有一次我拜託他幫我牽線搭橋時，他說如果要娶妳，就一輩子只能有妳一個女人，讓我考慮清楚。」豐隆指了指自己，「妳我認識幾十年了，我是什麼性子，妳應該知道幾分。我對女色真沒多大興趣，有時候在外面玩，只是礙於面子，並不是出於喜好。如果我娶了妳，我不介意讓所有酒肉朋友都知道我懼內，絕不敢在外面招惹女人。我發誓，只要妳肯嫁給我，我一定一輩子就妳一個，我不敢保證自己對妳多溫柔體貼照顧，但我一定盡我所能對妳好。」

小夭喝完了一碗酒，端著空酒碗，默默不語。

豐隆又給她斟了一碗，「我知道我不比璟，讓妳真正心動了，但我真的是最適合妳的男人。我們家世匹配，只要妳我願意，雙方的長輩都樂見其成，會給予我們最誠摯的祝福。妳不管容貌性情自然都是最好的，我也不差，至少和妳站在一起，只會惹人欣羨，不會有人唏噓一朵鮮花插在了牛糞上。」

小夭剛喝一口酒，差點笑噴出來，豐隆趕緊把酒碗接了過去，小夭用帕子捂住嘴，輕聲咳嗽。

豐隆說道：「說老實話，就這兩條，在世間要湊齊了就不容易。縱使湊齊了，說不定還會前有歧路，但妳和我永遠都在一條路上。妳永遠都站在顓頊一邊，我會永遠追隨顓頊，就如象罔和黃帝，是最親密的朋友，是最可靠的戰友，也是最相互信任的君臣，我也會永遠效忠顓頊，我和妳之間永不會出現大的矛盾衝突。我知道女人都希望感情能純粹一點，但有時候，妳可以反過來想，這些不純粹反而像是一條條看得見的繩索，把我們牢牢地捆綁在一起，難道不是比看不見、摸不著的感情更可靠嗎？至少妳知道，我永遠離不開妳！因為背叛妳就是背叛顓頊！」

小夭把酒碗拿了回去，笑道：「我算是明白為什麼你可以幫哥哥去做說客，遊說各族英雄效忠哥哥了。」

豐隆有些赧然，「不一樣，我和他們說話會說假話，但我和妳說的都是大實話。」

小夭說：「事情太倉促，畢竟是婚姻大事，一輩子一次的事，我現在無法給你答案，你讓我考慮一下。」

豐隆喜悅地說：「妳沒有拒絕我，就證明我有希望。小夭，我發誓，我真的會對妳好的！」

小夭有些不好意思，「老是覺得怪怪的，人家議親，女子都羞答答地躲在後面，我們倆卻在這裡和談生意一樣。」

豐隆說：「所以妳和我才相配啊！說老實話，我以前一直很抗拒娶妻，可現在想著是妳，覺得不管發生什麼事，我們都可以這樣坐下來，心平氣和地商量著辦，就覺得娶個妻子很不錯。有時候，我們還可以一邊喝酒，一邊聊天。」

小夭啜著酒不說話。

篤篤的敲門聲響起，馨悅帶著侍女端著瓜果點心進來。

豐隆陪著小夭略略吃了點，對小夭道：「我還有事，必須要先走一步。」

小夭早已習慣，「沒事，你去忙你的吧！」

豐隆起身要走，又有些不捨，眼巴巴地看著小夭，「我真的很期望妳能同意。」

小夭點了下頭，「我知道了，我會儘快給你回覆的。」

豐隆努力笑了笑，做出灑脫的樣子，「不過，不行也無所謂，大家依舊是朋友。」說完，拉開門，大步離去了。

馨悅請小夭去吃茶。

兩人坐在茶榻上，馨悅親自動手，為小夭煮茶。

馨悅問：「顓頊近來可好？」

小夭回道：「現在的情勢，我不能說他很好，但他看上去的確依舊和往常一樣，偶爾晚飯後，還會帶著淑惠去山澗走一圈。」

馨悅說：「如果妳想幫顓頊，最好能嫁給我哥哥。」

小夭抿著抹笑，沒有說話。如果真這麼想幫顓頊，為什麼自己不肯嫁？

馨悅一邊磨著茶，一邊說：「本來有我和哥哥的暗中遊說，六大氏站在顓頊這邊毫無問題，可是，樊氏和鄭氏都對顓頊生了仇怨。當年，在梅花谷中害妳的人，除了沐斐，還有一男一女，女子是樊氏大郎的未婚妻，男子是鄭氏小姐的未婚夫。我和哥哥都勸顓頊放過他們，但顓頊執意不肯，把他們殺了，和樊氏、鄭氏都結下了仇怨。樊氏大郎為妻復仇，行動很瘋狂，而且中原畢竟有不少人對軒轅族不滿，不敢去謀害黃帝，就都盯上顓頊，漸漸地越鬧越凶。如果不把他們壓制住，不僅僅是顓頊的事，說不定整個中原都會再起浩劫，所以，顓頊選擇了娶曋氏的嫡女。」

水開了，馨悅把茶末放進水中。待茶煮好，她熄了火，盛了一碗茶，端給小夭，「雖然顓頊娶曋氏嫡女，不僅僅是因為妳，他肯定還有他的考慮，我和哥哥也有我們的考慮，但不可否認，他也的確是為了妳。」

小夭接過茶碗，放到案上，「我哥哥對我如何，我心中有數，不用妳費心遊說我，我也不是那種因為哥哥為我做了什麼，立即頭腦發熱，要做什麼去回報的人。」

馨悅微笑，「我只是覺得妳應該知道這些事。」

馨悅舀起茶湯，緩緩地注入茶碗中，「有一次我和我娘聊天，娘說女人一輩子總會碰到兩個男人，一個如火，一個如水，年少時多會想要火，渴望轟轟烈烈地燃燒，但最終，大部分女人選擇廝守的都是水，平淡相守，細水長流。我哥哥也許不是妳的火，無法讓妳的心燃燒，但他應該能做妳的水，和妳平平淡淡，相攜到老。」

小夭默默思量了一會，只覺馨悅娘的這番話看似平靜淡然，卻透著無奈哀傷，看似透著無奈哀傷，卻又從悠悠歲月中透出平靜淡然。

小夭問道：「我哥哥是妳的火，還是妳的水？」

馨悅道：「小夭，我和我娘不同。我娘是赤水族長唯一的女兒，她是被捧在手心中呵護著長大，她有閒情逸致去體會男女私情，而我……我在軒轅城長大，看似地位尊貴，但在那些軒轅貴族的眼中，我是戰敗族的後裔，只不過是一個質子，用來牽制我爹和我外祖父。妳知道做質子是什麼滋味嗎？」

小夭看著馨悅，沒有說話。

馨悅笑，「我娘一直以為我什麼都不知道，編著各種藉口，告訴我為什麼我們和爹不能在一起，可她不知道小孩子間沒有秘密。他們會把從大人處聽來的惡毒話原封不動，甚至更惡毒地說給我聽。宴席上，黃帝給我的賞賜最豐厚，他們就會惡毒地說『不是陛下寵愛妳，陛下是怕妳爹反叛，妳知道妳爹反叛的話，陛下會怎麼對妳嗎？陛下會千刀萬剮了妳，妳知道什麼是千刀萬剮嗎？千刀萬剮就是用刀子把妳的肉一片片割下來』。」

馨悅笑著搖頭，「妳知道有一段日子，我每日睡覺時都在祈求什麼嗎？別的孩子在祈求爹娘給他們禮物時，我在祈求我爹千萬不要反叛，因為我不想被陛下千刀萬剮，不想被掏出心肝，不想被剁下手腳，做成人棍。」

馨悅的語聲有點哽咽，她低下頭吃茶，小夭也捧起了茶碗，慢慢地啜著。

一會後，馨悅平靜地說：「我知道妳覺得我心機重，連我哥哥有時候都不耐煩，覺得我算計得太過了，可我沒有辦法像阿念那樣。在軒轅城時，我就發過誓，這一輩子，我再不要過這樣的日子，我一定要站在最高處。」

小夭說：「馨悅，妳真的不必和我解釋，這是妳和顓頊之間的事，顓頊沒有怪過妳。」

「他……他真的這麼說？」

「顓頊在高辛做過兩百多年的棄子，他說大家活著都不容易。我當時沒有多想他這句話，現在想來，他應該很理解妳的做法，他真的一點都沒怪妳。」

馨悅默默地喝著茶，沉默了半晌後，說道：「不管以前在軒轅城時，我暗地裡過的是什麼日子，表面上人人還是要尊敬我。我是神農王族的後裔，我有我的驕傲。顓頊要想娶我，必須有能力給我最盛大的婚禮，不僅僅是因為我想要，還因為這是軒轅族必須給神農族的。小夭，妳明白嗎？我不僅僅是我，我代表著神農族，一個被打敗的王族，我還代表著中原所有的氏族，用驕傲在掩飾沒落的氏族們！妳可以隨意簡單地嫁人，沒有人會質疑什麼，因為妳身後是繁榮的高辛國，人家只會覺得妳瀟脫，可我不行，我的隨意簡單只會讓世人聯想到我們的失敗和恥辱。」

小夭真誠地說：「即使剛開始不明白，現在我也理解了，顓頊一定比我更理解。」

馨悅有些不好意思，說道：「本來只是想勸妳同意嫁給我哥哥，也不知道怎麼的，不知不覺就繞到了我身上。」

小夭笑道：「我們好久沒這樣聊過了，挺好啊！」

馨悅說：「妳和璟哥哥在一起時，我就知道妳和璟哥哥會分開。我能理解意映的某些想法，因為我們都太渴望站在高處，她絕不會放手，妳鬥不過她，我暗示了妳幾次，妳卻好似都沒聽懂。」

小夭說：「都是過去的事了，不必再提。」

馨悅道：「相較璟哥哥，我哥哥真的更適合妳。」

小夭笑道：「豐隆已經說了很多，我真的會認真考慮。」

小夭喝乾淨茶，看看天色，「我得回去了。」

馨悅道：「我送妳。」

快到雲輦時，馨悅說：「小夭，所有人都知道妳和顓頊親密，妳的夫婿就意味著一定會支持顓頊。而我哥哥的身分很微妙，雖然他是赤水氏，可他也是小祝融的兒子，妳嫁給我哥哥，看似是給赤水氏做媳婦，可妳照樣要叫小祝融爹爹。只要妳和哥哥訂親，我相信連黃帝陛下都必須要重新考慮自己的選擇。」

小夭說：「我一定會仔細考慮。」

馨悅說：「要快，時間緊迫！」

小夭帶著沉甸甸的壓力，上了雲輦。

回到紫金宮，小夭洗漱過，換了套舒適的舊衣衫，沿小徑慢慢走著。

在她告訴馨悅她會仔細考慮時，她就已經做了決定，現在只是想說服自己，她的決定是為了自己而做。

不知不覺中走到一片槿樹前，還記得她曾大清早踏著露水來摘樹葉，將它們泡在陶罐中，帶去草凹嶺的茅屋，為璟洗頭。

槿樹依舊，人卻已遠去。

小夭摘下兩片樹葉，捏在手裡，默默地走著。

她走到崖邊，坐在石頭上，那邊就是草凹嶺，但雲霧遮掩，什麼都看不到。

還記得茅屋中，捨不得睡去的那些夜晚，睏得直打哈欠，卻仍要纏著璟說話。說的話不過都是瑣碎的廢話，可也不知道為什麼，就是覺得開心。

茅屋應該依舊，但那個說會一直陪著她的人已經做了爹。

小夭將槿樹葉子撕成了一縷縷，又將一縷縷撕成一點點，她張開手，看著山風將碎葉吹起，一片片從她掌心飛離，飛入雲霧，不知道去了何處。

掌間依舊有槿葉的香氣，小夭看著自己的手掌想：和豐隆在一起，只怕她是不會趕早起身，踏著露珠去採摘槿樹葉子；不會兩人一下午什麼事都不做，只是妳為我洗頭，我為妳洗頭；不會晚上說廢話都說得捨不得睡覺，即使她願意說，豐隆也沒興趣聽，就如豐隆所說，他們就是有事發生時，坐下來心平氣和地商量，沒事時……沒事時豐隆應該沒多少空在家，即使在家也很疲憊，需要休息；只怕她永不會對豐隆生氣發火，任何時候兩人都是和和氣氣，相敬如賓。

其實，不是不好，有事時，她可以和豐隆商量，沒事時，她有很多自由，可以在府裡開一片藥田，種草藥，也許她可以再開一個醫館，豐隆自己就很張狂任性，想來不會反對妻子匿名行醫。豐隆如果回家，他們就一起吃飯，豐隆如果不回家，她就自己用飯。

若有了孩子，那恐怕就很忙碌了。自從母親拋下小夭離開後，小夭就下定決心，日後她的孩子她要親力親為，她要為小傢伙做每一件事情，讓小傢伙不管任何時候想起娘親，都能肯定地知道娘親很疼他。

孩子漸漸大了，她和豐隆也老了。

小夭微微地笑起來。的確和外祖父說的一樣，挑個合適的人，白頭到老並不是那麼難。

身後傳來熟悉的腳步聲，顓頊坐到了她身旁，「馨悅和妳說了些什麼，讓妳一個人躲到這裡來思索？」

「她解釋了她不能現在嫁給你的理由，希望我轉述給你聽，讓你不要怨怪她。我告訴她，你真的沒有怨怪她。她說……」

顓頊笑道：「不必細述了，她說的，我完全能理解。」

小夭嘆了口氣。顓頊是完全理解，他對馨悅從沒有期望，更沒有信任，自然不會生怨怪。馨悅不知道，她錯過了可以獲取顓頊的期望和信任的唯一一次機會，之後永不可能了。但也許馨悅根本不在乎，就如她所說，她不是她的母親，她在乎的不是男女之情。

顓頊說：「馨悅不可能只為了解釋這個，就把妳叫去一趟，妳們還說了什麼？」

「我見到豐隆了。」

「他要妳給我帶什麼話嗎？」

小夭笑著搖搖頭，「他是有事找我。」

顓頊臉上的笑容僵住，小夭說：「他向我求婚了。」

顓頊沉默地望向雲霧翻滾的地方，那是草凹嶺的方向，難怪小夭會坐在這裡。

小夭看著顓頊，卻一點都看不出顓頊的想法，「哥哥，你覺得我嫁給豐隆如何？」

「妳願意嫁給他嗎？」

「他發誓一輩子就我一個女人，還說一定會對我好。我們認識幾十年了，都瞭解對方的性子，既然能做朋友，做相敬如賓的夫妻應該也不難。」

顓頊依舊沉默著，沒有說話，也不知道究竟在想什麼。

小夭很奇怪，「哥哥，你以前不是很希望我給豐隆機會嗎？」

「給他追求妳的機會和讓妳嫁給他是兩回事。」

「你不想我嫁他？」

顓頊點點頭，又搖搖頭。

「哥哥，你到底在想什麼？」

顓頊深吸了口氣，笑起來，「我沒想什麼，只是覺得太突然，有些懵。」

「我也很懵，剛開始覺得想都不用想，肯定拒絕，但豐隆很認真，我被他說得不得不仔細思索起來，想來想去，似乎他說的都很有道理。」

「他都說了什麼？」

「一些誇我和自誇的話了！他誇我容貌性情都好，說我能和他拚酒，聊得來，還說他自己也很不賴。哦，對了，還說我們什麼都相配，我們成婚，所有人都會祝福，水到渠成。」

「只說了這些？他沒提起我？」

小夭笑道：「提了幾句，具體說什麼我倒忘記了，不外乎你和他關係好，也會樂見我和他在一起了。」

顓頊盯著小夭。

小夭心虛，卻做出坦然的樣子，和顓頊對視，「你究竟想知道什麼？」

顓頊說：「我不想妳是為了我嫁給他。」

「不會，當然不會了！豐隆，的確是最適合我的人，不管是我們的家世，還是我們個人，都十分相配。」

「妳真在乎這些嗎？妳自己願意嗎？」

小夭說：「我肯定希望父王和你都能贊同、祝福我，最重要的是他發誓一輩子只我一個女人，一定會對我好。哥哥，大荒內，還能找到比他更合適的人嗎？」

顓頊默不作聲，半晌後，突然笑了起來，「不可能再有比他更適合的人選了。日後，他是我的左膀右臂，妳距離我近，見面很容易，若發生什麼事，我也方便照顧。有我在，諒他也不敢對妳不好！」

顓頊又嘆又笑，好似極其開心，「的確不可能再有比他更好的人選了！」

小夭站起，眺望著雲海，深深地吸了口氣，終於下定了最後的決心。她轉身，面朝顓頊，背對著草凹嶺，說道：「哥哥，我同意嫁給豐隆！」

顓頊點了下頭，「好。」

小夭笑著拽起他，往紫金宮的方向走去，「我立即回去寫信，明日清晨父王就會收到消息。」

顓頊說：「我派人去告訴豐隆，赤水族長應該會立即派人去五神山議親。」

回到紫金宮，顓頊給瀟瀟說了此事，讓她親自去通知豐隆。

小夭看瀟瀟走了，感嘆道：「我居然要出嫁了！」

顓頊笑著說：「是啊，妳居然要出嫁了！」

小夭笑起來，「我去給父王寫信，晚飯就不陪你吃了，讓婢女直接送到我那邊。」小夭說完，急步向著自己住的殿走去。

顓頊面帶微笑，目送著小夭的身影漸漸消失在朱廊碧瓦間。

突然，他一拳砸在身旁的樹上，一棵本來鬱鬱蔥蔥的大樹斷裂，樹幹倒下，砸向殿頂。恰好金萱看到了這一幕，立即送出靈力，讓樹幹緩緩靠在殿牆上。

金萱急步過來，驚訝地說：「殿下？」

顓頊淡淡說：「失手碰斷了，妳幫我收拾乾淨。」頓了一頓，他笑著說：「此事，我希望妳立即忘記。」

金萱跪下，應道：「是。」

顓頊提步離去，等顓頊走遠了，金萱才站起，看了看斷裂的大樹，望向小夭居住的宮殿。

金萱是木妖，很快就把斷樹清理得乾乾淨淨，還特意補種一棵，不仔細看，壓根不會留意到此處發生過變故。

豐隆想到了小夭有可能同意，但沒有想到早上和小夭說，傍晚瀟瀟就來告訴他，小夭同意嫁給他。如果傳消息的人不是瀟瀟，他都要懷疑是假消息了。

豐隆不得不再次感慨他選對了人，小夭的這股爽快勁不比男兒差。

豐隆解下隨身攜帶的一塊玉珮，對瀟瀟說：「這塊玉珮不算多稀罕，卻自小就帶著，麻煩妳交給王姬，請她等我消息。」

瀟瀟收好玉珮，道：「我會如實轉告，告辭。」

豐隆都顧不上親口告訴馨悅此事，立即驅策坐騎趕往赤水，半夜裡趕到家，不等人通傳，就闖進了爺爺的寢室。

赤水族長被驚得跳下了榻，「出了什麼事？」

豐隆嘿嘿地笑，「是出了事，不過不是壞事，是好事，您的寶貝孫子要給您娶孫媳婦了。」

赤水族長愣了一愣，問道：「誰？」

「高辛大王姬。」

「什麼？你說的是那個軒轅黃帝和嫘祖娘娘的外孫女，王母的徒弟？」

「是她！」

赤水族長喃喃道：「這可是大荒內最尊貴的未婚女子了，沒想到竟然落在了我們赤水家，你倒本事真大！」

豐隆笑道：「不過娶她有個條件。」

「什麼條件？」

豐隆說：「我要當族長，我要以族長夫人的婚典迎娶她。」

赤水族長皺眉，「這是她提出的？」

「當然不可能！她是高辛的大王姬，俊帝對她的那個寶貝程度，人家想要什麼沒有？還需要眼巴巴地來和您孫子較勁？是我自己的要求，您總不能讓賓客在婚禮上議論我不如我娶的女人吧？何況，我想給她，她值得我用赤水族最盛大的典禮迎娶。」

赤水族長瞪了豐隆一眼，「到底是你自己想當族長，還是想給她個盛大的婚典？」

豐隆嘿嘿地乾笑。

赤水族長其實早就想把族長之位傳給豐隆，可族內的長老一直反對，但如今的情形下，他們應該不會再反對了。赤水族長思索一會，笑敲了豐隆的腦門一下，說道：「你喜歡挑這個重擔，就拿去吧！我早就想享享清福了。我知道你志高心大，一個赤水族滿足不了你，我不反對你志高心大，但你要記住，所作所為，要對得起生了你的娘，養了你的我。」

豐隆跪下，鄭重地說：「爺爺，您就好好享清福吧，孫兒不會讓您失望。」

赤水族長扶他起來，嘆道：「我老了，你們年輕人的想法我是搞不懂，也不想管了，若我有福，還能看到重孫子。」

豐隆著急地說：「趕緊派人去把那些傢伙都叫起來，趕緊商議，趕緊派人去向俊帝陛下提親，趕緊把親訂了，再趕緊讓我當族長。」

豐隆一連串的趕緊逼得老族長頭暈，「你……」赤水族長搖搖頭，「罷了，罷了，就陪你瘋最後一把！」

赤水族長派人去請各位長老，各位長老被侍者從夢中叫醒時，都嚇著了，一個個立即趕來，不過一炷香的時間，居然全來齊了。

赤水族長把豐隆想要娶妻的事情全說了，幸虧小夭的身分足夠重要，各位長老只是略略抱怨了一兩句。

一個平日總喜歡挑剔豐隆的長老問道：「高辛大王姬真會願意嫁給你？即使她願意，俊帝可會同意？」

豐隆不耐煩地說：「你們立即派人去提親，俊帝陛下肯定答應。」

長老聽豐隆的語氣十拿九穩，不再吭聲。

一個處事謹慎穩重的長老說道：「高辛大王姬的身分十分特殊，族長可考慮清楚了？」

赤水族長明白他暗示的是什麼，肅容說道：「我考慮過了，利益和風險是一對孿生兒，永遠形影相隨，這個媳婦，我們赤水族要得起！」

長老點點頭，表示認可了高辛王姬。

赤水族長看長老都無異議了，說道：「我打算派三弟去一趟五神山，如果俊帝應下婚事，我們就立即把親訂了。另外，我年紀大了，這些年越來越力不從心，因此打算傳位給豐隆，你們有什麼意見嗎？」

各位長老彼此看了一眼，都沉默著，本來想反對的長老思量著高辛王姬和豐隆訂了親，這個族長之位遲早是豐隆的，現在再反對只會既得罪族長，又得罪王姬。如果今日落個人情，不但和豐隆修復了關係，日後還可拜託王姬幫忙，讓金天氏最好的鑄造大師給兒孫們打造兵器。

衡量完利弊的長老們開口說道：「一切聽憑族長做主。」

赤水族長笑道：「那好！我已經吩咐了人趕緊去準備禮物，明日就辛苦三弟了，去五神山向俊帝提親。」

赤水雲天是個與世無爭的老好性子，因為喜好美食，臉吃得圓圓的，笑咪咪地說：「這是大好事，只是跑一趟，一點不辛苦，還能去嘗嘗高辛御廚的手藝。」

清晨，赤水雲天帶著禮物趕赴五神山。

俊帝已經收到小夭的信，白日裡，他好像什麼事都沒發生，依舊平靜地處理政事，可晚上，他握著小夭的玉簡，在月下徘徊了大半夜。

阿珩、阿珩，妳可願意讓小夭嫁給赤水家的小子？

月無聲，影無聲，只有風嗚咽低泣著。

甚少回憶往事的俊帝突然想起了過往的許多事，青陽、雲澤、昌意……一張張面孔從他腦中閃過，他們依舊是年輕時的模樣，他卻塵滿面、鬢如霜。

父王、中容……他們都被他殺了，可他們又永遠活著，不管過去多久，俊帝都清楚地知道自己的雙腳依舊站在他們的鮮血中。

有人曾歡喜地叫他少昊，有人曾憤怒地叫他少昊，現如今，不管喜與怒，都無人再叫他一聲少昊了，他唯一的名字就是再沒有了喜怒的俊帝。

俊帝仰頭望著滿天繁星，緩緩閉上了眼睛。

季春之月、二十三日，赤水雲天見到俊帝，試探地向俊帝提親，俊帝微笑著答應了。

赤水雲天立即派信鳥傳信回赤水，赤水氏得了俊帝肯定的回覆，一邊派人送上豐厚的聘禮，和高辛正式議親，一邊開始準備豐隆接任族長的儀式。

豐隆堅持要在他和高辛王姬訂親前接任族長，眾人都明白他的心思，沒有男人喜歡被人議論是因為妻子才當上族長，反正一切已成定局，也沒有長老想得罪未來的族長和族長夫人，所以大家都沒反對。

沒有時間邀請太多賓客，赤水族長仿效了塗山氏族長的繼任儀式，只請了軒轅、高辛、神農三族，四世家中的其他三氏和中原六大氏。

季春之月、晦日，在十二位來賓的見證下，赤水氏舉行了簡單卻莊重的族長繼任儀式，昭告天下，赤水豐隆成為了赤水氏的族長。

孟夏之月、恒日，俊帝和新任的赤水族長，先後宣布赤水族長赤水豐隆和高辛大王姬高辛玖瑤訂親。

很快，消息就傳遍了大荒，整個大荒都議論紛紛。

高辛大王姬依舊住在神農山的紫金宮，顯然和顓頊親厚無比，她與赤水族長的親事，是否意味著赤水族正式宣布支持顓頊？而且豐隆是小祝融的兒子，神農族又是什麼意思呢？

豐隆和小夭的婚事引起的關注竟然壓過了黃帝要去紫金頂祭祀天地的大事，本來向蒼林示好的人立即偃旗息鼓，覺得還是睜大眼睛再看清楚一點。

孟夏之月、十一日，瞫氏的族長宴請顓頊，赤水族長豐隆、塗山族長璟、西陵族長的兒子西陵淳、鬼方族長的使者都出席了這次宴會。

瞫氏和顓頊的關係不言而喻，西陵氏的態度很明確，鬼方氏在顓頊的婚禮上也隱約表明了態度，他們出席宴會在意料之內。可在這麼微妙緊要的時刻，赤水族長和塗山族長肯出席這個宴席，自然說明了一切。

整個大荒都沸騰了，這是古往今來，四世家第一次聯合起來，明確表明支持一個王子爭奪儲君之位。

有了四世家和瞫氏的表態，十三日，中原六氏，除了樊氏，其餘五氏聯合作東，宴請顓頊，還有將近二十個中氏、幾十個小氏赴宴。

本來已經斷然拒絕參加宴席的樊氏，聽說了宴席的盛況，族長在家中坐臥不寧，一直焦慮地踱步。就在這個時候，豐隆秘密要求見他，樊氏族長立即把豐隆迎接進去。豐隆並未對他說太多，只是把黃帝在澤州城詢問顓頊和蒼林的問題告訴了樊氏的族長。

「如果你是軒轅國君，你會如何對待中原的氏族？」

豐隆把顓頊和蒼林的回答一字未動地複述給樊氏族長聽，樊氏族長聽完，神情呆滯。豐隆說道：「究竟是你家大郎的私仇重要，還是整個中原氏族的命運重要，還請族長仔細衡量。」

豐隆說完，就要走，樊氏族長急急叫住了豐隆，「您父親的意思……」

豐隆笑了笑，「如果不是我的父親，你覺得我有能力知道黃帝和顓頊、蒼林的私談內容嗎？」

豐隆走後，樊氏族長發了一會呆，下令囚禁長子，帶著二兒子急急去赴宴。當樊氏出現後，陸陸續續，又有不少氏族來參加宴席。

那天的宴席一直開到了深夜，黃帝詢問的那個問題，和顓頊、蒼林各自的回答悄悄在所有的中原氏族間流傳開。

神農族依舊沒有出面，但現在誰都明白，沒有中原首領神農族的暗中推動，中原氏族不可能有如此的舉動。

從黃帝打敗神農、統一中原到現在，中原氏族一直被黃帝逼壓得喘不過氣來，這是第一次，中原氏族聯合起來，以一種委婉卻堅持的態度，向黃帝表明著他們的選擇和訴求。

孟夏之月、幾望日，黃帝上紫金頂，住進紫金宮，為望日的祭祀做準備。

黃帝的年紀大了，早上忙了一陣子，用過飯後，感到疲憊睏倦，讓顓頊和小夭都下去，他要睡一個時辰。

密室內，顓頊的心腹跪了一地，他們在求顓頊抓住這個時機。

因為黃帝的不信任，原來的紫金宮侍衛已經全被調離，現在守護紫金宮的侍衛是黃帝帶來的三百多名侍衛，應該還有一些隱身於暗處保護黃帝的高手。

可不管黃帝身邊究竟有多少人，這裡是顓頊放棄一切、孤注一擲、全力經營了幾十年的神農山。這裡有顓頊訓練的軍隊，有對顓頊無比忠誠的心腹，有秘密挖掘的密道，黃帝身邊的侍衛再凶悍勇猛，他們只熟悉軒轅山，對神農山的地勢地形卻很陌生。

雖然山外就是軒轅大軍，可只要出其不意、速度夠快，趕在大軍得到消息前控制住局勢，那麼軍隊並不可慮，畢竟軍隊效忠的是軒轅國君，軒轅國君卻不一定要是黃帝。

顓頊沒有立即同意心腹們的懇求，卻也沒有立即否決，只是讓他們準備好應對一切變化。

下午，黃帝醒了，他恢復了一些精神，先召見蒼林和幾個臣子，聽蒼林稟奏明日的安排。看蒼林一切都安排得很妥當，黃帝心情甚好，誇獎了蒼林幾句，意有所指地讓蒼林安心做好自己的事，別的一切他自有安排。

因為四世家和中原氏族而忐忑不安的蒼林終於鬆了一口氣，很是喜悅，高興地離開了。

黃帝又召顓頊、小夭來見他，和他們兩人沒有說正事，只是讓他們陪著閒聊。顓頊一如往日，恭敬沉靜，沒有絲毫異樣，小夭卻心不在焉。

黃帝打趣小夭，「妳不會是在想念赤水氏的那小子吧？明日就能見著了。」

小夭問道：「外公，您的身體究竟怎麼樣？」

黃帝說：「這個問題的答案，全大荒都想知道，他們都想知道我這個老不死的還能活多久。」

黃帝笑看著顓頊和小夭，「你們想讓我活多久呢？」

顓頊恭敬地說：「孫兒希望爺爺身體康健，能親眼看到心願達成。」

黃帝眼中閃過一道精光，笑道：「不管明日我宣布什麼，你都希望我身體康健？」

顓頊平靜地應道：「是。」

黃帝不置可否，笑看小夭，「妳呢？」

小夭說：「你不信任我，我說什麼你都不會信任，我幹嘛還要說？」

黃帝嘆了口氣，「我現在的確不敢讓妳醫治我。你們下去吧！明日要忙一天，都早點歇息。」

小夭邊走邊琢磨，如果結合傳言，外公的這句話可以理解為因為想立蒼林為儲君，所以他不敢讓小夭為他醫治身體，但是也可以理解為，外公還沒做最後的決定。

小夭低聲問顓頊：「明日，外公真的會宣布立蒼林為儲君嗎？」

「爺爺最近的舉動很奇怪，不到最後一刻，誰都不知道爺爺究竟想做什麼。」

「你想怎麼做？」

顓頊問：「妳有能讓人沉睡的藥嗎？最好能沉睡十二個時辰。」

「有。」小夭把兩顆藥丸遞給顓頊。

顓頊接過，「去休息吧，我需要妳明日精力充沛！」

「好！」小夭走向寢殿。

顓頊看小夭離開了，低聲叫：「瀟瀟。」

瀟瀟從暗處走出，顓頊把兩顆藥丸交給瀟瀟，「下給王姬。」

「是。」瀟瀟應後，立即又隱入了黑暗。

顓頊默默地想，不管爺爺做的是什麼決定，明日晚上一切都會有結果。小夭，哥哥能為妳做的事已經很少，我不要妳再看到親人的鮮血！

孟夏之月、幾望日和望日交替的那個夜晚，很多人通宵未合眼。

顓頊的幾個心腹和統領神農山中軍隊的禺疆都長跪不起，他們懇求顓頊今夜發動兵變，不要讓黃帝明日把那個傳言的決定宣布，因為一旦正式昭告天下蒼林為儲君，顓頊就危矣。支持顓頊的氏族越多，蒼林只會越想除掉顓頊。

顓頊讓他們退下，他們不肯走，雙方開始僵持，他們一直跪著，顓頊一直沉默地坐著。

他們知道自己在逼迫顓頊，可自從他們決定跟隨顓頊起，已經把自己的性命全部放在了顓頊身上，他們不能坐看顓頊錯失良機。

直到金雞啼叫，顓頊才好似驚醒，緩緩站了起來。禺疆焦急地叫道：「殿下，這是最後的機會了。」

顓頊緩緩說：「我已經決定了，你們都退下。」

「殿下……」

顓頊對瀟瀟說：「服侍我洗漱，更換祭祀的禮服。」

「是！」

暗衛請幾個心腹從密道離開，心腹們不解地看著顓頊。他們都不是一般人，能令他們心悅誠服的顓頊也不是優柔寡斷的人，他們不能理解顓頊為什麼要錯失眼前的良機。

顓頊盯著他們，「我讓你們退下！」

在顓頊的目光逼迫下，他們慢慢低下了頭，沮喪困惑地從密道一一離開。

顓頊用冰水洗了個澡，在瀟瀟和金萱的服侍下，更換上祭祀的禮服。待一切收拾妥當，顓頊準備去恭請黃帝。臨走前，他問瀟瀟，「王姬可好？」

「苗莆給王姬下了藥後，王姬一直在昏睡。」

「派人守著王姬，若有變故，立即護送王姬從密道離開。」

瀟瀟恭敬地應道：「是！」

顓頊到黃帝居住的寢殿時，蒼林已到了，正焦灼地在殿外守候。顓頊向他行禮，他卻只是冷哼一聲，連掩飾的虛偽都免了。

顓頊默默起身，平靜地等著。

幾個內侍服侍黃帝更換上莊重威嚴的禮服，黃帝在神族侍衛的護衛下，走了出來。蒼林和顓頊一左一右迎上去，恭敬地向黃帝行禮，蒼林迫切不安中帶著濃重的討好，似乎唯恐黃帝在最後一刻改變主意，顓頊卻平靜無波，就好似這只是一個普通的不能再普通的日子。

蒼林和顓頊伴隨著黃帝往祭壇去。

祭壇下長長的甬道兩側，已經站滿了軒轅的官員和各個氏族的首領，高辛的使者、赤水族長、西陵族長、塗山族長，鬼方氏的使者站在最前端。

大宗伯宣布吉時到，悠悠黃鐘聲中，黃帝率領文武官員、天下氏族先祭拜天地、再祭拜盤古，最後祭拜了伏羲、女媧、炎帝。

當冗長繁瑣的祭拜儀式結束時，已經過了晌午。

黃帝站在祭台上，俯瞰著祭台下的所有人，他雖然垂垂老矣，可他依舊是盤踞的猛虎飛龍，祭台下沒有一個人敢輕視這位蒼老的老人。

黃帝蒼老雄渾的聲音遠遠地傳了出去，令不管站得多遠的人都能聽到，「諸位來之前，應該都已聽說今日不僅僅是祭祀儀式，我還會宣布一件重要的事，你們聽聞的重要事是什麼呢？」

沒有人敢回答。

黃帝道：「是傳聞今日我要宣布儲君嗎？」

眾人的心高高地提起，都精神集中，唯恐聽漏了黃帝的一個字。

黃帝說：「你們聽說的傳言錯了，今日，我不會宣布誰是儲君。」

所有人精神一懈，有些失望，卻又隱隱地釋然，至少今日不必面對最可怕的結果。

蒼林和顓頊站立在黃帝下首的左右兩側，蒼林震驚失望地看著黃帝，顓頊卻依舊很平靜，面無表情地靜靜站著。

黃帝含著笑，從眾人臉上一一掃過。他緩緩說道：「我要宣布的是——誰將會在今日成為軒轅國君。」

聽前半句時，眾人還都沒從今日不會宣布儲君的消息中調整回情緒，帶著幾分心不在焉；後半句，卻石破天驚，眾人一下子被震駭得懵了，懷疑自己聽錯了，遲疑地看向身邊的人，看到他們和自己一樣的震駭神色，明白自己沒有聽錯。

黃帝似乎很欣賞眾人表情的急劇變化，微笑地看著，待到所有人都肯定自己沒有聽錯，驚駭地盯著黃帝時，黃帝才緩緩說道：「今日，我們在此祭拜盤古、伏羲、女媧、炎帝，從盤古開天地到現在，有無數帝王，可為什麼只有他們四人值得天下人祭拜？我一直在問自己這個問題。我這一生可謂戎馬倥傯，給無數人帶來了安寧和幸福，也給無數人帶來了離亂和痛苦。

在朝雲殿時，我常常想，等我死後，世人會如何評價我呢？毫不隱瞞地說，我希望有朝一日，後世的人認為我、軒轅黃帝也值得他們祭拜。

我還有很多事情想做，還有很多心願想要完成，我想要天下人看到我能給所有我的子民帶來安寧和幸福，我想要所有種族都能平等地選擇想要的生活，我想要中原的氏族像西北、西南的氏族一樣愛戴我，我想要看到賤民的兒子也有機會成為大英雄。

可是，我正在日漸衰老，軒轅王國卻正在走向繁榮，它需要一個新的國君，這位國君應該有宏偉的志向、敏銳的頭腦、博大的心胸、旺盛的精力，只有這樣的國君才能帶領軒轅國創造新的歷史、新的輝煌。這世間，人們只懂得緊抓自己的欲望，很少懂得適時地放手，成全了別人，就是成全了自己。我已為軒轅培養了最好的國君，所以我選擇退位，讓新的國君去完成我未完成的心願。」

所有人都看著黃帝。能在這裡聆聽黃帝說話的人，都在權力的頂端，沒有人比他們更能體會黃帝話中的意思。

很多時候，放棄權勢比放棄自己的生命都艱難，可是黃帝選擇了放棄。這個男子，從年輕時，就一直在令大荒人吃驚，他總會做出眾人認為絕不可能的事。今日，他又讓所有人都震驚了。

黃帝看向顓頊，溫和地說：「顓頊，你過來。」

蒼林想大叫：父王，你弄錯了！卻發現自己被無形的壓力捆縛，發不出任何聲音，只能絕望悲憤地看著顓頊走到黃帝面前，緩緩跪下。

黃帝脫下了頭上的王冠，將王冠穩穩地戴在了顓頊頭上。顓頊仰頭看著黃帝，眼中泛著隱隱的淚光。

黃帝扶著顓頊站起，看向眾人，宣布：「從今日起，軒轅顓頊就是軒轅國的國君。也許你們覺得我太兒戲，這個儀式不夠莊重和盛大，絲毫不像一國之君的登基，可我想你們記住，不管是伏羲、女媧，還是炎帝，都沒有什麼像樣的登基儀式，世人不會因為盛大的典禮記住一個君王，世人只會因為這個君王做了什麼記住他。」

黃帝向臺階下走去，也許因為辛勞了一個早上，他的腳步略顯踉蹌，內侍立即上前扶住他。鬚髯皆白的黃帝，扶著內侍的手，走下了臺階，從甬道走過。

沒有人宣布叩拜，黃帝也已脫去了王冠，可是當黃帝走過時，隨著他的腳步，甬道兩側的人卻都陸續彎下膝蓋、低下頭顱，自動地為這個衰老的男人下跪。

第一次，這些站在權力巔峰的男人跪拜他，不是因為他的權勢，而只是因為尊敬。

這個男人創造了一個又一個偉大的傳奇，他打破了神族、人族、妖族的階級，告訴所有種族，他們是平等的；他打破了貴賤門第血統，讓所有平凡的男兒都明白這世間沒有不可能，只有你敢不敢想、敢不敢去做，不管再平凡的人都可以成為英雄！現如今，他又在締造另一個傳奇。

你可以恨這個男人，可以攻擊他，可以咒罵他，但縱使他的敵人也不得不承認，他的偉大令他們仰望。

直到黃帝的身影消失在甬道盡頭，人們才陸續站起。

祭台上下，鴉雀無聲。

所有人都不敢相信，沒有恐怖的腥風血雨，也沒有垂死地掙扎等待，顓頊竟然就這麼平穩地登基了？

可是，顓頊就站在他們面前，正平靜地看著他們。

這位年輕的君王真如黃帝所說，有宏偉的志向、敏銳的頭腦、博大的心胸、旺盛的精力嗎？真的能帶領軒轅國創造新的歷史、新的奇蹟、新的輝煌嗎？

也不知道是誰第一個跪下，人們紛紛跪下，異口同聲地道：「恭賀陛下！」

顓頊抬了抬手，「眾卿請起。」

黃帝聽到了身後傳來的叩拜聲，他一邊走著，一邊瞇眼望著前方，微笑起來。

很多很多年前，軒轅國初建時，他和阿嫘就曾站在祭壇上，舉行了一個完全不像國君登基的儀式。他的兄弟可不像現在這些教養良好的臣子，還能齊聲恭賀，兄弟們的恭喜聲七零八落，說什麼的都有，一個以前做山匪的虎妖居然說道：「希望大王以後帶領我等兄弟多多搶地盤，最好再幫我搶個能生養的女人。」他都覺得窘了，阿嫘卻毫不在意，哈哈大笑。

黃帝無聲地嘆息，祭台下的兄弟和祭台上的阿嫘都已走了，有些人，縱使死後，只怕也不願再見他。可是，今日，他可以坦然地面對著他們，驕傲地告訴他們，他們一起親手創建的王國，他已經交託給了一個最合適的人。

阿嫘、阿嫘，是妳和我的孫子！他不僅僅像我，他還像妳！

小夭腳步輕快地走到黃帝身旁，對內侍打了個手勢，內侍退下，小夭攙扶住了黃帝。

黃帝笑看了一眼小夭，「明日起，幫我治病，我還想多活一段日子。」

「嗯。」小夭笑起來，「外公，您今日可是把所有人戲弄慘了。」

黃帝哈哈笑起來，「有時候，做帝王很悶，要學會給自己找點樂子。」

小夭遲疑了一下問：「外公既然早就決定要傳位給哥哥，為什麼不告訴哥哥呢？為什麼……您不怕這樣做，萬一哥哥……」

黃帝微笑道：「妳說的是顓頊藏匿在神農山的那些精兵吧？」

雖然明知道身旁的老人已經不是一國之君，可小夭依舊有些身子發僵，支支吾吾地說：「原來外公真的什麼都知道。」

黃帝拍了拍小夭的手，淡淡說：「不管顓頊怎麼做，他都會是國君，我都會退位，既然結果一樣，過程如何並不重要。」

小夭愕然，外公根本不介意顓頊發動兵變奪位？

黃帝微笑道：「如果他發動兵變奪位，只能說明我將他培養得太好了，他很像我，一定會是個殺伐決斷的好國君。不過，我很高興，他不僅僅像我，也像妳外祖母，既有殺伐決斷的一面，也有仁慈寬容的一面，希望他能給這個天下帶來更多的平和。」

小夭覺得眼前的黃帝和記憶中的黃帝不太一樣，不過她更喜歡現在的黃帝。

黃帝問道：「妳剛才在哪裡？我沒在祭祀儀式上看到妳，還以為顓頊為了以防萬一，把妳看押起來了。」

小夭笑著吐吐舌頭，「哥哥果然是您一手培養的人啊！他可不就是想這麼做嗎？可是，我是誰呢？他是軒轅黃帝和嫘祖娘娘的血脈，我也是啊！我不過順水推舟，讓他專心去做自己的事，不要再操心我。」

黃帝笑著搖搖頭，「妳的計畫是什麼呢？」

「我躲起來了，我、我……」小夭一橫心，坦率地說：「我打算，只要您宣布蒼林是儲君，我就會立即射殺蒼林舅舅。」

黃帝嘆了口氣，「妳果然是我的血脈！」

小夭吐吐舌頭，做了個鬼臉。

黃帝說：「蒼林、禹陽、妳的幾個表弟都不算是壞人，一切只是因為立場不同。帝位之爭已經結束，我希望妳能換一種眼光去看他們。」

小夭忙點頭，「只要他們不害顓頊，我肯定會好好待他們。」

黃帝道：「幸虧顓頊比妳心眼大，一定能容下他們。」

小夭問：「外公，你打算以後住哪裡？是回軒轅山嗎？」

黃帝說：「我現在不能回軒轅山。顓頊剛登基，中原的氏族肯定都擁戴他，但西邊、北邊的氏族只怕不服氣，我現在回軒轅山，會讓人覺得一國有二君。我既然決定了退位，那就是退位！沒必要做這種讓朝臣誤會，讓顓頊的下屬緊張的事。我留在神農山，等顓頊把所有氏族都收服了時，再考慮是否回軒轅山。」

「軒轅的那些氏族都在外公的手掌心裡，還不是外公一句話的事！」

「顓頊都有本事把中原的氏族收服，那些氏族他肯定能收服，畢竟他是我和阿嫘的嫡孫，只要那些氏族不想背叛軒轅國，就不能背叛顓頊。只不過，正因為他們對軒轅國忠心耿耿，心裡才不服氣，會想和顓頊梗著脖子發火，想倚仗著功勞落顓頊的面子。這就像家裡兩個孩子，老大會嫉妒父母對老二好，和父母嘔氣，但妳可曾見到老大去嫉妒別人的父母對孩子好嗎？」

小夭點了點頭，黃帝說：「顓頊若能體會到他們的心情，憑藉所作所為化解他們的怨氣，讓他們也真心把他看作國君，才算真正做到他在我面前誇下的海口，不管軒轅，還是神農，都是他的子民，不偏不倚，公平對待，不能因為中原的氏族對他擁立有功，他就偏向了中原的氏族。」

小夭說：「我對哥哥有信心。」

黃帝笑：「我們就在神農山慢慢看他如何做好國君吧！」

顓頊處理完所有事情，立即趕回紫金宮，去探望黃帝。

聽到內侍說顓頊來了，小夭從內殿走了出來，低聲道：「外公已經歇息。」

顓頊看著小夭，「妳……」

小夭嗔了顓頊一眼，「我什麼？如果我被自己煉製的藥給迷倒了，那才是大笑話。」

顓頊和小夭走出黃帝所住的殿，向顓頊所住的殿走去。小夭說道：「對了，外公說讓你搬去以前炎帝所住的乾安殿。」

顓頊想了想說：「也好。」

小夭笑道：「恭喜。」

顓頊道：「同喜。」

小夭低聲問：「為什麼選擇了等待？如果外公今日選擇了蒼林，你不會後悔嗎？」

顓頊道：「每一種選擇都是賭博，我只能說我賭對了。至於別的，現在已經塵埃落定，就無需再多說。」

小夭說：「外公說他暫時不回軒轅山，從明日開始，我會幫他調理身體。」

顓頊道：「妳好好照顧爺爺。」

「禹陽、倕梁他們都還在軒轅山，會不會鬧出什麼事？」

「爺爺來之前，已經部署好了，應龍留守軒轅城，我想在今日清晨時，爺爺已經送出密信，告知應龍他退位了，有了半日的時間，應龍肯定不會讓禹陽他們鬧出什麼事。這次爺爺巡視中原，接見了好幾個帶兵的大將軍，看似是敲打中原的氏族，但也敲打了軍隊裡的將領，讓他們明白他們效忠的不是哪個王子，而是軒轅國君。」

「那就好。」小夭徹底放心了。

顓頊和小夭走進殿內，瀟瀟、金萱、禺疆……一眾人都在，他們朝著顓頊跪下，改了稱呼，「賀喜陛下。」

顓頊請他們起來，「謝謝諸位陪我一路走來，未來依舊艱辛，還需要諸位鼎力支援。」

眾人都喜笑顏開，禺疆說道：「未來也許會更艱辛，但今日之前的這段路卻是最壓抑、最黑暗的一段路。」

所有人都笑著點頭，顓頊讓侍女為眾人斟了酒，向大家敬酒，所有人同飲了一杯。

禺疆知道顓頊還有很多事情要做，向顓頊告辭，其他人也紛紛告辭。

顓頊看他們離去了，對小夭說：「我邀了豐隆他們來聚會，妳也來喝兩杯，省得豐隆抱怨。」

瀟瀟和金萱都笑，金萱說道：「自訂婚後，王姬還沒見過赤水族長吧？」

「我去換衣服。」小夭笑著跑走了。

在瀟瀟和金萱的服侍下，顓頊換下白日的禮服，沐浴後換了一套常服。

待一切收拾妥當，內侍來稟奏，豐隆他們已經到了，顓頊派人去叫小夭。

顓頊帶著小夭走進殿內時，座席上已經坐了五個人，左邊起首是赤水族長豐隆，挨著他的是馨悅。右邊起首是塗山族長璟，旁邊座席上坐的是西陵淳，西陵淳的旁邊是淑惠的大哥淑同。

看到顓頊，眾人都站了起來，顓頊走過去，坐到正中的上位，下意識地就招手示意讓小夭坐在他旁邊。

以前和顓頊坐在同一張食案前很正常，可現在不比以前，小夭不想當著眾人的面和顓頊平起平坐，對侍者說：「加一個席案，放在馨悅旁邊。」

別人都沒說什麼，馨悅笑道：「何必麻煩？妳坐哥哥旁邊就是了。」

幾人都看著豐隆和小夭笑，璟和顓頊卻垂眸看著案上的酒器。

小夭低著頭不說話，豐隆盯了馨悅一眼，馨悅笑了笑，沒再打趣小夭。

待小夭坐下，豐隆咳嗽了一聲，做出一本正經的樣子，對顓頊說：「鬼方氏的人已經離開了。鬼方氏一直都很詭秘，不怎麼參與大荒的事，所以……你別見怪。」

顓頊道：「怎麼會見怪？他們可是幫了我大忙，況且都知道他們的行事風格。」

顓頊站起，舉起酒杯對在座的人道：「多餘的話就不說了，總而言之，謝謝！」顓頊一飲而盡後，對所有人作揖。

眾人也都站起，喝盡杯中酒後，還了顓頊的禮。

顓頊坐下，眾人也紛紛落座。

豐隆笑道：「這段日子發生的事情，真是波瀾起伏，出人意料，我現在都覺得像是在做夢。」

淑同笑道：「你這段日子，又是當了族長，又是訂了親，的確是一個美夢接著一個美夢，難怪現在還不願意醒來。」

淳和馨悅大笑，豐隆看了眼小夭，恰好小夭也在看他，不禁呵呵地笑起來。

因為大局終定，眾人心情愉悅，一邊說笑、一邊喝酒，不知不覺中，幾罈酒已經全沒了。也不知道璟究竟喝了多少，第一個喝醉，淳也喝醉了，嚷嚷著要聽璟奏琴，璟未推拒，揚聲道：「拿琴來！」

侍者捧了琴來，璟撫琴而奏，曲調熟悉，是當年小夭在木犀林中，為璟、豐隆和馨悅邊唱邊舞過的歌謠。

其他人都未聽過，不以為意，淑同還笑道：「早知道灌醉了璟就能聽到他撫琴，我們早就該灌他了。」

小夭、馨悅、豐隆卻都有些異樣。

馨悅看豐隆的臉色越來越難看，說道：「璟哥哥，你喝醉了，別再奏了！」

璟卻什麼都聽不到，他的心神全部沉浸在曲聲中。從別後，萬種相思，無處可訴，只有喝醉後，才能在琴曲中看到妳。

曲調纏綿哀慟，令聞者幾欲落淚。

淑同、淳也漸覺不對，都不再笑語。

豐隆猛地揮掌，一道水刃飛過，將琴切成了兩半。

琴聲戛然而止，璟卻毫不在意，站了起來，朝著小夭走去。

小夭端了杯酒，「璟，喝了它。」

璟看著小夭，笑起來，接過酒，一如當年，毫不猶豫地喝下。

璟昏醉過去，軟倒在席上。

顓頊說道：「今夜的宴會就到此吧！璟家裡有些煩心事，醉後失態，還請諸位包涵。」

淳和淑同都表示理解，起身告辭，一起離去。

豐隆沒好氣地拽起璟，帶著他離開，馨悅卻躑躅著，落在最後。

小夭追上豐隆，「豐隆、豐隆！」

豐隆停了腳步，小夭看他臉色，「還在生氣嗎？」

「我這氣來得快，去得也快！我知道他喝醉了，是無心之舉，只不過……」

「只不過什麼？」

豐隆有些茫然，「璟去參加我繼任族長的儀式時，我告訴他妳已同意嫁給我，他還恭喜了我。我以為他已經放下，可今夜，他竟然會醉到失態。我從小就認識他，從未見過他如此。明明我才是妳的未婚夫，可我偏偏有一種我搶了他心愛東西的負疚感。」

小夭看著昏迷不醒的璟，「別那麼想。」

豐隆道：「我明白。小夭，妳真的願意嫁給我嗎？」

小夭看向豐隆，「你是覺得尷尬麻煩，心裡後悔嗎？」

豐隆趕忙擺手，「不、不，妳別誤會，璟的事我知道怎麼處理，我是怕妳聽了璟今夜的琴聲，心裡後悔。」

小夭道：「我不後悔。我從小流落在外，一直在漂泊，看上去，隨波逐流，很是瀟脫，可其實，我真的厭煩了漂泊不定的日子。我想停駐，可我遇到的人，有心的無力，有力的無心，只有你肯為我提供一個港灣，讓我停下。謝謝！」

「小夭……」豐隆想摸摸小夭的臉頰，撫去她眉眼間的愁緒，可見慣風月的他竟然沒膽子，低聲道：「妳放心吧，只要妳不後悔，我絕不會後悔。」

小夭笑起來，豐隆也笑。

豐隆道：「我看馨悅還要和妳哥膩歪一陣子，我就不等她，先帶璟回去了。明日我要趕回赤水，顓頊突然繼位，族裡肯定措手不及，我得回去把事務都安排一下。」

小夭道：「路上小心。」

豐隆抓抓頭，「妳有什麼想要的東西嗎？我下次來看妳時，帶給妳。」

小夭道：「你的安全就是最好的禮物，別費心思照顧我了，如今哥哥剛繼位，不服氣的人一大把，你們要處理的事還很多，你好好忙你的事吧！」

豐隆高興地說：「那我走了。」

小夭看著雲輦隱入雲霄，臉上的笑意漸漸消失。

禮物這種東西很奇怪，一旦是自己開口要來的，一切都會變了味道。其實，禮物不在於那東西是什麼，而在於送禮人的心意。若真把一個人放在了心中，自然而然就會想把生活中的點滴和他分享，所以，一朵野花、一塊石頭皆可是禮物。

小夭倚著欄杆，望著星空，突然想起了清水鎮的日子。無數個炎熱的夏日夜晚，他們坐在竹席上乘涼，老木、麻子、串子東拉西扯，十七沉默地坐在她身旁，她總是一邊啃著鴨脖子，一邊喝著青梅酒，不亦樂乎。

那時，生活中唯一的苦難就是相柳。

清水鎮的日子遙遠的再觸碰不著，卻一直在她的記憶中鮮明。小夭不禁淚濕眼角。

第二十九章 點點離人淚

從小到大，每走一步，只要有半點軟弱，肯定就是死，
她不明白，那麼艱難痛苦的日子都走過來了，現在她會受不了？
可是，每每午夜夢迴時，悲傷痛苦都像潮湧一般，將她淹沒。

軒轅的王位之爭，以黃帝退位、顓頊登基為結果，雖然蒼林和禹陽還不服，可大局已定，大的風波肯定不會再起，至於小風波，顓頊又豈會放在眼裡？

俊帝看軒轅局勢已穩，把一直軟禁在宮中的阿念放了出來，阿念怒氣沖沖地趕往神農山，俊帝苦笑，只能感慨女大不中留。

阿念不僅生父王的氣，也生顓頊和小夭的氣，她覺得他們都太小瞧她了，憑什麼危急時刻，小夭能陪著顓頊，她卻要被保護起來？難道她是貪生怕死的人嗎？

到了神農山，她本來打算要好好衝顓頊發一頓火，可是看到顓頊，想到她差點就有可能再見不到他，一腔怒火全變成了後怕，抱著顓頊哭得上氣不接下氣，等被顓頊哄得不哭了，她也顧不上生氣，只覺得滿心柔情蜜意，恨不得和顓頊時時刻刻黏在一起。

可惜顓頊如今是一國之君，再遷就她，能陪她的時間也很有限，阿念更捨不得拿那點有限的時

間去賭氣了。於是，她把一腔怨氣全發到了小夭身上，不和小夭說話，見著了小夭和沒見著一樣，小夭只得笑笑，由著她去。

黃帝在紫金頂住了下來，他選擇了最偏僻的一座宮殿，深居簡出，從不過問政事，每日做些養氣的修煉，閒暇時多翻閱醫書，嚴格遵照小夭的叮囑調理身體。淑惠、金萱她們都很怕黃帝，向來是能躲就躲，阿念卻是一點不怕黃帝，日日都去陪黃帝，總是「爺爺、爺爺」地親熱喚著，比小夭更像是黃帝的孫女。

也許因為小夭和阿念每日下午都在黃帝這裡，一個發呆，一個陪黃帝說話下棋，顓頊也會這個時段抽空過來一趟，不拘長短，一屋子人有說有笑。

黃帝十分淡然，好似不管小夭、顓頊來與不來，他都不在乎。可有一次，阿念送顓頊出去後，黃帝凝視著小夭的側臉，說道：「很多年前，那時妳外祖母還在，有一天傍晚，我從密道溜進朝雲殿，看到妳在鳳凰樹下盪秋千……」

小夭回頭，詫異地看向黃帝，他眼中的悲滄竟讓她不忍目睹。

「我隱身在窗外，一直看著你們，你們圍聚在阿嫘身邊，將她照顧得很好。當時，我就想我會擁有天下，卻孤獨地死去，可沒想到我竟然也能有子孫承歡膝下的日子。」

如果黃帝到現在依舊要緊抓權勢，只怕他真的會在權勢中孤獨地死去。小夭說：「雖然你是為了實現自己的心願而選擇放棄權勢，可你也成全了顓頊。」

「年少時，都是一腔意氣，為著一些自以為非常重要的堅持不願退讓，等事過境遷，才發現錯了，卻已經晚了。」黃帝看著小夭，語重心長地說：「小夭，妳也要記住，有時候，退一步，不見得是輸。」

小夭趴在窗戶上，默不作聲。

顓頊又要納妃了，是方雷氏的嫡女。

方雷氏是大荒北邊的大氏，黃帝也曾娶過方雷氏的嫡女，立為二妃，地位僅次於王后嫘祖。方雷王妃生養過兩位王子，六王子休、八王子清，可惜一子死、一子被幽禁，方雷氏受到牽連，這兩百多年一直被黃帝冷落著。又因為休和蒼林爭奪王位時，方雷氏對休的支持，讓蒼林深惡痛絕，這麼多年，蒼林和禹陽還不時痛踩落水狗，讓方雷氏的日子更加艱難。

眾人本以為顓頊即使要納北方氏族的妃子，也會挑選一個掌權的大氏族，可沒想到他竟然選擇了已經被打壓得奄奄一息的方雷氏。

方雷氏終於有機會重振家族，對顓頊十分感激，再加上他們和蒼林、禹陽是死對頭，只能選擇毫不猶豫地全力支持顓頊。

方雷氏畢竟從軒轅剛建國時就跟隨黃帝，百足之蟲，死而不僵，一旦自上而下的打壓消失，很快就展現出雄踞北方幾萬年的大氏族的能力。

小夭和阿念聽聞顓頊要納方雷妃的事，是在黃帝起居的殿中。

小夭手中搖著扇子，瞇眼閒坐著，阿念正在跟黃帝學圍棋，不時能聽到阿念嘰嘰咕咕的聲音。夏日的陽光從絲瓜架上篩落，照在青磚地面上，一片明暗交錯的光影，顯得這樣的下午，閒適、靜謐、悠長。

顓頊走進來，站在阿念身後看了一會圍棋，坐到小夭身旁。他拿過扇子，幫小夭輕輕地打著。

小夭低聲問：「今日怎麼這麼有時間？」

顓頊瞇眼看著窗外的綠藤和陽光，沒說話。

阿念急急忙忙地結束了棋局，立即問道：「哥哥，你今日沒事嗎？」

顓頊笑道：「我來就是和爺爺說事情的。」雖然黃帝從不過問政事，可顓頊總會以閒聊的方式把一些重要的事說給黃帝聽。

黃帝說：「那些事你不必特意講給我聽。」

顓頊說：「這事一定得告訴爺爺，我打算立方雷氏的女子為妃。」

黃帝笑了笑，沒有不悅，只有嘉許，「選得好。」

小夭看阿念，也許因為這已經是第二次，也許因為顓頊已是軒轅國君，阿念沒有上一次的強烈反應，只有幾縷悵然一閃而過。

顓頊道：「孫兒要謝謝爺爺，把方雷氏留給了孫兒去起用。」

黃帝淡淡說：「你能體會我的苦心很好，但如今你才是軒轅的國君，重用誰、不重用誰，全憑你的判斷，無需理會我。」

「孫兒明白。」

顓頊向黃帝告退，把扇子還給小夭時，他低聲說：「不要……明白嗎？」不要給我道喜。小夭仍清楚地記得顓頊娶淑惠時，他的叮囑，小夭點了下頭，「我知道。」

顓頊向殿外走去，阿念凝視著顓頊的背影，滿眼不捨。

黃帝朝阿念指指顓頊，示意她可以去追顓頊。阿念羞得臉色通紅，黃帝笑著眨眨眼睛，揮揮手示意：快去快去，我個糟老頭子不需要妳陪！

阿念一邊羞澀地笑著，一邊穿上木屐，輕盈地追了出去。木屐在迴廊間發出踢踢踏踏的清脆聲音，給靜謐的夏日，留下了一串少女追趕情郎的輕快足音，讓整座殿堂都好似變得年輕了。

小夭想微笑，又想嘆氣，對黃帝悠悠地說：「您想要阿念嫁給顓頊？」

黃帝說：「阿念是個很好的小姑娘，天真刁蠻、乾淨透澈，沒別的小姑娘那些複雜的心眼。」

小夭瞇眼看著窗外，覺得自己和阿念比起來，顯得好老。

黃帝說：「出去玩吧！別和我這老頭子一樣整日縮在宮殿裡，有我和顓頊在，妳該向阿念學學，任性一些、放縱一些。」

小夭淡淡說：「正因為您和顓頊，我才不敢任性放縱。我的血脈就註定了束縛，何必自欺欺人？如果說，我現在去找相柳玩，您會同意嗎？」

黃帝沉默了，神情十分複雜，半晌後說：「不會同意。顓頊遲早會和他決一死戰，我不想妳日後痛苦，但妳別的要求，我一定會盡全力滿足。」

「顓頊是個男兒，又是一國之君，您必須嚴格地要求他，但我卻不一樣，您願意寵著我。我知道，您想把虧欠我娘、大舅舅、二舅舅、四舅舅他們的彌補到我身上，但再鼎盛的權勢都保證不了我幸福，何況您欠他們的就是欠他們的，您永遠彌補不了，我也不要！您就乖乖做我外祖父吧，和天下所有的祖父一樣，操心孫女的終身幸福，卻無力控制，只能乾著急，最後沒辦法了，無奈地感嘆一聲『兒孫自有兒孫福』！」小夭搖著扇子，笑看著黃帝，「您一輩子還沒嘗試過什麼叫有心無力吧？在我身上嘗試一下了！」

黃帝滿面無奈。

傍晚，顓頊議完事，從殿內出來，看見黃帝的內侍，忙快走了幾步，「爺爺要見我？」

「是！」內侍恭敬地說。

顓頊隨著內侍去見黃帝，侍女正在上飯菜，顓頊說：「我就在爺爺這裡用飯了。」

顓頊陪著黃帝用完飯，侍女上了酸棗仁茶，顓頊喝了一口，「還怪好喝的。」

黃帝道：「小夭不讓我晚上吃茶，這是特意給我配來飯後喝的水。」

顓頊笑道：「難得她肯為爺爺專心研習醫術。」

黃帝道：「叫你來，是有一件事想讓你盡力去做一下。」

「爺爺請講。」

「你看看有沒有辦法招降相柳。我知道非常難，幾百年來，清、后土、蒼林、小祝融他們都先後嘗試過，全被相柳拒絕了，但我還是希望你再試一下。」

「好。」顓頊遲疑了一下，問道：「爺爺為什麼會留意相柳？」

黃帝道：「不過是一個糟老頭子的一點愧疚。」

顓頊看黃帝不願細說，他也不再多問，「我會盡力，但我覺得希望渺茫。」

黃帝嘆了口氣，「盡人事，聽天命！」

方雷妃是顓頊登基後，正式納娶的第一個妃子，和當年迎娶淑惠時氣派自然不同，紫金宮內張燈結綵，煥然一新。

阿念再自我開解，也難免氣悶，顧不上和小夭賭氣了，對小夭說：「姊姊，我們去山下玩一陣子吧！」

小夭道：「妳想去哪裡玩？」

阿念想了一會，「要不然我們去找馨悅？」

小夭和黃帝、顓頊打了聲招呼，帶阿念去小祝融府找馨悅。

女人之間很奇怪，本來因為一個男人有隱隱的敵意，可因為這個男人要娶另一個女人，兩個女人反倒同病相憐，暫時相處得格外投契。馨悅和阿念的成長環境相近，她們之間能說的話很多，哪個織女的布料最好，哪種裁剪最時興，哪種衣衫配色最別致，最近流行什麼樣式的髮髻，玩過什麼樣的遊戲……小夭完全插不上話，只能看著她們邊笑邊講。

小夭沉默的時間越來越多，馨悅和阿念都沒有在意，因為在她們的印象中，小夭本就是一個性子懶散、不太合群、有些清冷的人，她們不知道其實小夭最怕寂寞，很喜歡說話。

因為國君納妃，軹邑城內也多了幾分喜氣，各個店鋪都裝飾得很吸引人。

馨悅和阿念把一腔失意化作了瘋狂地購物，脂粉、買！絲綢、買！珠寶、買……

跟隨兩人的侍女拿不下了，小夭只得幫忙拿。

逛完香料鋪子，馨悅和阿念很快就衝進了下一個鋪子。

半晌後，小夭才慢吞吞地從香料鋪子走出來，左手提了四五個盒子，右手提了四五個盒子。也不知道是夥計沒把繩子繫牢，還是盒子太重，提著的東西一下散開，各種香料落了一地。

昨夜剛下過雨，地上還有不少積水，小夭手忙腳亂地收拾。一輛馬車經過，絲毫未慢，髒水濺了小夭滿臉。

小夭隨手用袖子抹了把臉，查看香料有沒有弄髒，此時有人蹲下，幫她撿東西。

「謝謝……」小夭笑著抬頭，看到幫她的人竟然是璟，突然之間再笑不出來，一分的狼狽化作了十分。

璟把散開的盒子用繩子繫好，「散到地上的甘松香就不要了，我讓夥計再幫妳重新裝一份。」

小夭只覺眼眶發酸，眼淚就要滾下，她突然站起，順著長街奔了出去，卻不知道要去哪裡，只是想遠離。

她一直告訴自己，失去一個男人，不算什麼，依舊可以過得很好。她也一直憑藉意志，將一切控制得很好，可此時此刻，積鬱在胸腹間的情緒突然失控了。

小夭東拐西鑽，從一個小巷子裡進入了離戎族開的地下賭場。

地下賭場並不是什麼客人都接待，小夭以前來都是相柳帶著她，這一次她自己來，守門的兩個男人想趕她出去，正要出聲喝斥，看到一隻小小的九尾白狐飄浮在小夭的頭頂，對他們威嚴地比劃著小爪子。

兩個男人立即客氣地拿了狗頭面具，遞給小夭，按下機關，一條長長的甬道出現。

小夭戴上狗頭面具，走進了地下賭場。

等坐到賭台前，將喜怒哀傷毫不掩飾地流露出來時，小夭忽然很佩服開設這個賭場的人，戴上了面具，才敢將平時不敢暴露的情緒都表露出來。

小夭一直不停地贏著錢，一把比一把賭得大，沒有適可而止。她期待著鬧點事情出來，用黃帝的話來說，就是任性放縱一下。可賭場也奇怪了，小夭一直贏錢，居然沒有人來設法阻止，到後來，周圍賭錢的人都圍聚在小夭周圍，隨著她下注，和小夭一塊贏錢。

小夭覺得索然無味，難道顓頊和離戎族的族長有什麼協議，在他納妃期間，不許狗狗們在城裡鬧事？

小夭不知道在另一個房間內，離戎族的族長離戎昶正坐在水鏡前，津津有味地看著她的一舉一動，邊看邊對璟說：「這姑娘究竟是誰？你上次躲在我這裡日日酩酊大醉，該不會就是因為她吧？」

璟不說話，只是看著小夭，水月鏡花，可望不可得。

離戎昶不滿地嘀咕：「這姑娘出手夠狠的，我可是小本生意，這些錢你得補給我！」

在大廳另一頭賭錢的防風邶看人潮全湧到那邊，他散漫地起身，走了過來，看到小夭面前小山一般的錢，不禁笑著搖頭。

圍在周身的一堆人，都是狗頭人身，看上去有些分不清誰是誰，可偏偏他就是顯得與眾不同，小夭一眼就認了出來。

小夭瞪著防風邶，把所有錢都押了注，居然一把全輸掉了。

眾人噓聲四起，漸漸地散開。

小夭朝賭場外走去，防風邶笑道：「妳看上去好似很不痛快，可現如今，我還真想不出來整個大荒誰敢給妳氣受。」

兩人已經走進甬道，小夭嘲諷道：「遠在天邊、近在眼前。」

防風邶笑問：「未來的赤水族長夫人，妳那位天之驕子的夫婿沒一起？怎麼會獨自一人跑到這種地方？」

小夭沉默地摘下狗頭面具，防風邶也摘下了面具。

小夭說：「你知道我訂親了？」

「這麼轟動的事，想不知道，很難！哦，忘記說恭喜了。恭喜！」

小夭靜靜看了一瞬防風邶，搖頭笑起來，「有兩件事情，我想和你商量。」

防風邶拋玩著面具，「說。」

「第一，是為你做毒藥的事，我現在還可以為你做，但……我成婚後，就不會再幫你繼續做毒藥了。」

防風邶接住面具，微笑地看著小夭，「第二件事情呢？」

「我想解掉你和我之間的蠱。塗山氏的太夫人生前養著一個九黎族的巫醫，巫醫說……我們的蠱好像是傳說中的情人蠱，這個蠱顧名思義是情人間才用……你和我實在……不搭邊！」小夭自嘲地笑，「你上次已很厭煩這蠱，所以我想……不如等你有空時，麻煩你和我去一趟九黎，找巫王把蠱解掉。」

防風邶盯著小夭，在賭場的幽幽燈光下，他唇畔的笑意透著一絲冷厲。

小夭道：「縱使蠱解了，我以前的承諾依然有效。」

防風邶淡淡地說：「好啊，等我有空時。」

兩人沉默地走出甬道，小夭把面具還給侍者，和防風邶一前一後走出了陰暗的屋子。

大街上已經月照柳梢、華燈初上。

小夭強笑了笑，對防風邶說：「毒藥我會每三個月送一次，我走了。」

防風邶抓住了小夭的手臂，小夭沒有回頭，卻也沒有想掙脫他的手，只是身體綳緊，靜靜地等待著。

好一會後，防風邶說：「陪我一塊吃晚飯。」

小夭的身體垮了下去，笑著搖搖頭，拒絕道：「我沒時間！」

防風邶說：「對於某人決定的事，妳最好不要拒絕。」

「你現在是防風邶！」

「妳剛才說的那一堆話是對誰說的？」

「我……」小夭深吸了口氣，「好吧，相柳將軍！」

防風邶帶著小夭去了一個小巷子，還沒走近，就聞到撲鼻的香氣。推開破舊的木門，簡陋的屋子中，一個獨臂老頭拿著一個大木勺，站在一口大鍋前，看到防風邶，咧著嘴笑，「稀罕啊，幾百年了，第一次看你帶朋友來，還是個女娃子。」

防風邶笑笑，穿過屋子，從另一個門出去，是一個小小的院子。

防風邶和小夭在露天的竹席上坐下。獨臂老頭舀了兩大碗公肉湯，在碟子裡裝了三塊大餅，一瘸一拐地走過來，放到案上。

小夭問：「什麼肉，怎麼這麼香？」

「驢肉。」防風邶指指老頭，「他是離戎族的，擅長燉驢肉，選料考究、火候講究，這大荒內，他燉的驢肉若排第二，無人敢排第一。」

老頭給小夭上了一盤素菜，「特意為妳做的。」

小夭並不怎麼餓，一邊慢慢地喝酒，一邊吃著菜。

老頭坐在砍柴的木墩上，一邊喝酒，一邊和相柳說著話。老頭和相柳說的話，小夭不怎麼聽得懂，只大概明白是在說一些老頭和相柳都認識的人，這個死了、那個也死了。老頭的神情很淡然，防風邶的口氣很漠然，可在這樣一個微風習習的夏日夜晚，小夭卻有了友朋凋零的傷感。

僻靜的小巷子裡，離戎昶一邊走，一邊數落璟：「你看看你，女人在時，你連走到人家面前的勇氣都沒有，看著人家跟著別的男人走了，又一副失魂落魄的樣子。」

璟苦澀地說：「我走到她面前又能怎麼樣？」

離戎昶推開了破舊的木門，說道：「我和你說，對付女人就三招，衝上去扛到肩上，帶回家扔到榻上，脫掉衣服撲上去！一切搞定！你要照我說的做，保管她乖乖跟著你。」

小夭聽到如此剽悍的言論，不禁嗤一聲笑了出來。

離戎昶嚷道：「哪個小娘子在嘲笑我？我今晚就把妳扛回去！」

小夭笑道：「那你來扛扛，仔細別閃了腰！」

離戎昶大笑著挑起簾子，走進院子，看是小夭和防風邶，愣了一下，先和防風邶打了個招呼。語氣熟絡，顯然認識。

昶回頭對璟笑嘻嘻地說：「真是人生何處不相逢啊！」

璟僵站著沒有動，離戎昶大剌剌地坐在了另一張食案前，對老頭說：「上肉。」

老頭放下酒碗，笑著站起，對璟說：「坐吧！」

璟這才走過來坐下。

老頭給他們端上了肉湯和一些餅子，自己又坐在木墩上，一邊一碗碗地吃著酒，一邊繼續和防風邶閒聊。

離戎昶笑咪咪地看著小夭，「喂！我說……小姑娘，妳怎麼稱呼？」

小夭沒理他，裝出專心致志聽防風邶和老頭說話的樣子。

離戎昶說：「小姑娘，防風邶和這熬驢肉的老傢伙一樣，都不是好貨，妳跟著他可沒意思，不如好好考慮一下我兄弟。我兄弟就是一不小心被女人設計了，弄出個兒子來，但不是不能原諒的大錯……」

「昶！」璟盯著離戎昶，語氣帶怒。

「你警告我也沒用，老子想說話時，你拿刀架在老子脖子上，老子也得說！」

離戎昶探著身子，對小夭說：「這世上沒有完美的東西，是人都會犯錯，璟是犯了錯，可真不是什麼不可原諒的錯。妳想想，正因為他這次犯了錯，以後同樣的錯誤，肯定不會再犯，成婚後，妳多省心！妳找個沒犯過錯誤的男人，難保他成婚後不會犯錯，到時妳更鬧心！」

小夭問：「你說完了沒有？」

離戎昶說：「沒有！」

小夭扭過頭，給防風邶倒酒，表明壓根不想聽。

離戎昶說：「妳不喜歡青丘的那對母子，大不了就在軹邑安家，讓璟陪妳長住軹邑。我和妳說句老實話，防風邶的日子都是有今夕沒明朝，縱是犯了錯的璟也比防風邶強……」

小夭砰一聲，把酒碗重重擱在案上，盯著離戎昶說：「我已經訂親，未婚夫不是他，所以——拜託你、麻煩你，別不停地踩人家了！」

「什麼？」離戎昶愣了一下，怒問道：「是誰？誰敢搶我兄弟的女人？我去找他談談！他若不退婚，我就打斷他的腿……」

小夭擠出一個笑，冷冷地說：「赤水豐隆，你去找他談吧！」

「豐隆……」離戎昶愣住，結結巴巴地說：「妳、妳……是豐隆的未婚妻？妳是高辛王姬，顓頊的妹妹？」

小夭狠狠瞪了昶一眼，對防風邶說：「你對他倒是好脾氣。」

防風邶啜著酒，淡淡道：「他說的全是實話，我本來就不是適合女人跟的男人，妳不是也知道嗎？」

小夭看著防風邶，說不出話來。

獨臂老頭盯著小夭，突然問道：「妳是軒轅王姬的女兒？」

小夭對獨臂老頭勉強地笑了笑，「是。」

「妳爹是……」

剛才離戎昶已經說了她是高辛王姬，獨臂老頭沒聽見嗎？小夭有點奇怪地說：「高辛俊帝。」

獨臂老頭定定地看了一會小夭，仰頭喝盡碗中酒，竟高聲悲歌起來：

中原古地多勁草，節如箭竹花如稻。
白露灑葉珠離離，十月霜風吹不倒。
萋萋不到王孫門，青青不蓋讒佞墳。
遊根直下土百尺，枯榮暗抱忠臣魂。
我問忠臣為何死？元是神農不降士。
白骨沉埋戰血深，翠光瀲灩腥風起。
山南雨暗蝴蝶飛，山北雨冷麒麟悲。
寸心搖搖為誰道？道傍可許愁人知？2

……

小夭怔怔地聽著，不禁想起了泣血夕陽下，相柳一身白衣，從焚燒屍體的火光中，冉冉走到她的面前。

離戎昶頭痛地嚷：「大伯，你別發酒瘋了！」

老頭依舊昂頭高歌，離戎昶把老頭推進了屋中，幾分緊張地對小夭說：「老頭酒量淺，還喜歡

2 摘自王冕〈勁草行〉。

喝酒，一發酒瘋，就喜歡亂唱一些聽來的歌謠……他一隻胳膊沒了，一條腿只能勉強走路，早已是廢人……」

小夭道：「我只是來吃飯的，出了這個門，我就全忘了。」

離戎昶放下心來，聽著從屋內傳出的囈語，神情有些傷感，嘆道：「我大伯不是壞人，反倒是太好的好人，所以……他無法遺忘。」

小夭忽而意識到，離戎昶剛才一直說的，其實是相柳，他知道防風邶是相柳？

那璟現在──肯定已知道邶是相柳。

小夭看看璟，又看看邶，對邶說：「你吃完了嗎？吃完我們就走吧！」

邶擱下酒碗，站了起來，對璟和昶彬彬有禮地說：「我們先行一步，兩位慢用。」

小夭和邶走出了門，昶追出來，叫道：「姑娘！」

小夭停步回頭，無奈地問：「你還想說什麼？」

「知道了妳的身分，我還敢說什麼？我只是想告訴妳，璟的那個孩子是中了親奶奶和防風意映的圈套，這些年來，璟一直獨自居住，根本不允許防風意映近身。我敢以離戎昶的性命發誓，璟對妳用情很深，眼裡心裡都只妳一人。」

小夭轉身就走，夜色幽靜，長路漫漫，何處才是她的路？

小夭輕聲問：「邶，你說……為什麼找一個人同行會那麼難？」

防風邶說：「找個人同行當然不難，找個志趣相投、傾心相待，能讓旅途變得有意思的人同行卻很難。」

小夭問：「真的會一輩子都忘不掉一個人嗎？」

「看是什麼人了，如果妳說的那個人是璟，我看很有可能。」

「你到底是說他忘不掉我，還是說我忘不掉他？」

防風邶笑，「隨妳理解。」

小夭皺著眉頭，賭氣地說：「大荒內好男兒多得是！」

「好男人是很多，但能把妳真正放進心裡的男人只怕不多。」

「你是什麼意思？難道我不該嫁給豐隆？」

「我沒什麼意思，妳問我，我只是如實說出我的看法。」

「相柳，我真的弄不懂你心裡到底在想什麼。」

「妳我都是紅塵過客，相遇時彼此作個伴，尋歡作樂而已！何必管我心裡想什麼？」

小夭自嘲地笑，「是我想多了！不管你心裡琢磨什麼，反正都和我無關！」

相柳望著漆黑的長街盡頭，默不作聲。

小夭沉默了一會，若無其事地說：「璟已經知道你是相柳，他肯定不會告訴我哥哥，可如果豐隆知道了，哥哥肯定會知道。你……一切小心。」

相柳盯了小夭一眼，小夭避開了他的視線，問道：「那個賣驢肉的老頭是誰？」

「曾經是蚩尤的部下，冀州決戰的倖存者。背負著所有袍澤的死亡繼續活著，還不如死了。」

相柳笑了笑，「其實，對一個將軍而言，最好的結局就是死在戰場上。」

明明是溫暖的夏夜，可小夭覺得身上一陣陣發冷。

已經到了小祝融府，相柳和小夭兩人同時停住步子，卻一個未離開，一個未進去，都只是默默地站著。

以前，還覺得見面機會多得是，可也不知道從什麼時候起，小夭就老是覺得，見一次少一次。到了今夜，這種感覺更加分明。

半晌後，相柳說：「妳進去吧！」

小夭總覺得有些話想說，可仔細想去，卻又什麼都想不起來，她說：「現在不比以前，你最好還是少來中原。」

小夭本以為相柳會譏諷她，究竟是擔心顓頊會殺了他，還是擔心他會殺了顓頊，可沒想到相柳什麼都沒說，只是看著她。

小夭靜靜地等著，卻不知道自己究竟在等什麼。

相柳清冷的聲音響起，「妳進去吧！」

小夭微笑著對相柳斂衽一禮，轉身去拍門，門吱呀呀打開，小夭跨了進去，回過頭，相柳依舊站在外面，白衣黑髮，風姿卓然，卻如北地的白水黑山，縱使山花遍野時，也有揮之不去的蕭索。

小夭再邁不出步子，定定地看著相柳，門緩緩合攏，相柳的身影消失。

小夭回到住處，馨悅和阿念都在，正拿著白日買的衣料在身上比劃，說得熱烈。看到她回來，兩人笑著抱怨道：「好姊姊，妳下次突然失蹤前，能否給我們打個招呼？幸虧香料鋪子的夥計說妳和朋友一起走了，讓我們別擔心。」

小夭笑笑，沒有答話。

她們兩人繼續商量著該做個什麼樣式的衣裙，說起某個貴族女子曾穿過的衣裙，糟蹋了一塊好布料，嘻嘻哈哈笑成一團。

小夭縮在榻上，只覺恍惚，這些人才是她的親人朋友，為什麼她卻覺得如此孤單寂寞？

顓頊娶方雷妃那一日，中原的氏族、軒轅的老氏族全都匯聚神農山，紫金宮熱鬧了一整日。現在顓頊是一國之君，凡事都有官員負責，小夭只是旁觀，本來還有點擔心阿念，卻發現阿念將一切處理得很好，知道自己不喜歡，拖著小夭早早迴避了。

小夭陪著阿念大醉了一場，第二日晌午，兩個人才暈沉沉地爬起來，而賓客已經離開，一切都已過去。唯一的不同就是，紫金宮中的某個殿多了一個女子，但紫金宮很大，一年也不見得能見到一次。

生活恢復了以前的樣子，阿念依舊快快樂樂，每日去陪黃帝，每天都能見到顓頊哥哥。

小夭卻不再練箭，大概因為顓頊登基後，她覺得危機解除，不再像以前那麼克己自律。她整個人變得十分懶散，一副什麼都沒興趣、什麼都不想做的樣子，每日就喜歡睡覺。一個懶覺睡醒，常常已經是中午。用過飯，去看黃帝，坐在黃帝的殿內，沒精打采地發呆。

在阿念眼裡，小夭一直很奇怪，自然不管她什麼樣子，都不奇怪。
黃帝問了幾次：「小夭，妳在想什麼？」
小夭回道：「就是什麼都沒想，才叫發呆啊！」
黃帝遂不再問，由著她去。
顓頊關切地問：「小夭，妳怎麼了？」
小夭懶洋洋地笑著回答：「勞累了這麼多年，你如今已是國君，還不允許我好逸惡勞嗎？難道我什麼都不做，就喜歡睡懶覺，你就不願意養我了？」
顓頊溫和地說：「不管妳怎麼樣，我都願意養妳一輩子。」
阿念聽到了，立即探著脖子問：「那我呢？我呢？」
顓頊笑，「妳也是，反正……」
阿念急切地說：「反正什麼？」
「反正妳如果吃得太多了，我就去找師父要錢。」
「啊……你個小氣鬼！」阿念撲過來，要打顓頊，一邊掐顓頊，一邊還要告狀，「爺爺，你聽哥哥說的什麼話？」
黃帝笑咪咪地說：「反正妳父王總是要給妳準備嫁妝的，顓頊不要，妳父王也會送。」
阿念一下子羞得臉通紅，躲到了黃帝背後，不依地輕捶黃帝的背。

晚上，小夭已經快睡時，顓頊突然來了。

小夭詫異地笑道：「稀客！有什麼事嗎？」

顓頊坐到榻上，「沒事就不能來看妳了？」

「當然不是了，只不過下午不是在外公那裡見過嗎？」

「只聽到阿念嘰嘰喳喳了，根本沒聽到妳說話。」

小夭笑道：「一切順心，沒什麼可說的。」

顓頊盯著小夭，問道：「小夭，妳過得好嗎？快樂嗎？」

小夭愕然，「這……為什麼突然問我這個？」

顓頊說：「聽苗莆說，妳晚上常常一個人枯坐到深夜，我本來以為過一段日子就會好，可妳最近越來越倦怠，我很擔心妳。」

小夭笑道：「我沒事，只不過因為你登基後，我沒有壓力了，所以沒以前那麼自律。」

顓頊盯著小夭。漸漸地，小夭再笑不出來，「你別那樣看著我！」小夭躺到了軟枕上，胳膊搭在額頭，用衣袖蓋住了臉。

顓頊說：「我登基後，能給妳以前我給不了的，我希望妳過得比以前好，可妳現在……是不是我做錯了什麼？」

小夭說：「沒有，你什麼都沒做錯，是我自己出了錯。」

「小夭，告訴我。」

小夭不吭聲。

顓頊挪坐到小夭身旁，低聲說：「小夭，妳有什麼不能告訴我的呢？」

小夭終於開口：「和璟分開後，我心裡不好受，一直睡不好，但我覺得沒什麼，一直都挺正常。可你登基後，不知道為什麼，我突然覺得很累，感覺看什麼都沒意思。沒有了第二日必須起來努力的壓力，夜裡更加睡不好。我常常想起和璟在清水鎮的日子，還常常想起我們小時在朝雲殿的日子。我喜歡那些時光，但我不喜歡自己總回憶過去，不管過去再美好，過去的就是過去了，我不明白為什麼我這麼軟弱沒用，我不喜歡現在的自己……」

顓頊靜靜思索著：人所承受的傷害有兩種，一種是肉體的傷，看得見，會流血；另一種是心靈的傷，看不見，不會流血。再堅強的人碰到肉體的傷，都會靜養休息，直到傷口癒合；但對心靈的傷，越是堅強的人越是喜歡當作什麼都沒發生，繼續如常地生活，可其實這種傷，更難治癒。

被母親拋棄、被追殺逃亡、變成了沒臉的小怪物、獨自在荒山中生存、被九尾狐囚禁虐待、孤身漂泊……這些事都給小夭留下了傷害，可小夭一直用堅強，把所有的傷害壓在心底深處，裝作沒什麼，告訴自己她已經長大，一切都過去了。

小夭看似灑脫不羈，可因為從小的經歷，其實，小夭比任何人都渴望有個穩定的家，不然不會做玟小六時都給自己湊了個家。

小夭把所有的期待都放在璟身上，璟的離去成了壓垮駱駝的最後一根稻草，小夭承受不住了。

明明已承受不住，可當時，軒轅的儲君之爭正是最凶險時，小夭為了顓頊，依舊對心上的傷視而不見，直到顓頊安全，她才垮掉了。

顓頊心酸，第一次對璟生了憎惡。小夭付出信任和期待，需要常人難以想像的勇氣和努力，那是在累累傷口上搭造房子，璟卻把小夭的信任和期待生生地打碎了。

顓頊撫著小夭的頭說：「沒有關係，現在妳不是一個人了，我在這裡，妳真的可以軟弱，也可以哭泣！沒有關係！」

小夭鼻子發酸。從小到大，每走一步，只要有半點軟弱，肯定就是死，她從不允許自己軟弱。她自己都不明白，那麼艱難痛苦的日子都走過來了，現在她會受不了？可是，每每午夜夢迴時，悲傷痛苦都像潮湧一般，將她淹沒。

小夭說：「別擔心，我相信時間會撫平一切傷口。」

顓頊道：「我在很多年前就明白了，心上的傷口是很難平復的，否則我不會到現在都無法原諒我娘。」

「既然肉體的傷有藥可治，心靈的傷也肯定有辦法治療。」

「我沒說沒有。」

「如何治療？」

「今日的得到能彌補往日的失去，現在的快樂會撫平過去的傷痛。我是沒有辦法原諒我娘，可因為妳的陪伴，那些失去她的痛苦早已平復。」

小夭默默想了一會，強笑道：「你是鼓勵我去找新的情人嗎？」

顓頊說：「我只希望，有一個人能撫平璟給妳的痛苦，讓妳相信自己被重視、被珍惜、被寵愛，是他無論如何都不能捨棄的。」

小夭的眼淚湧到了眼眶，喃喃說：「我一直都比較倒楣，這種好事，已經不敢奢望了。」

顓頊低聲說：「有的，小夭，有的。」

顓頊陪著小夭，直到小夭沉睡過去，他起身幫小夭蓋好被子。

雖然小夭好強地沒在他面前流淚，可此時，她眼角的淚在緩緩墜落。

顓頊用手指輕輕印去。如果當年的他知道，有朝一日小夭會因為璟哭泣，不管他再想要塗山氏的幫助，也絕不會給璟機會接近小夭，現如今他憎恨塗山璟，可更憎恨自己。

第三十章

昨日兮昨日

以前，她陪伴著他，是因為他走在一條步步殺機的道路上。
可現在，他是一國之君，他的王圖霸業正在一點點展開，
而她累了，不想再面對那些動輒會影響無數人命運的風雲……

春去冬來、冬去春來，時光如梭，轉眼已經三年。

顓頊是黃帝和嫘祖娘娘唯一的嫡孫，他繼承王位雖然出乎意料，卻順乎情理。軒轅的老氏族剛開始一直和顓頊作對，顓頊不急不躁，一面施恩分化，一面嚴厲懲戒，逐漸令軒轅的老氏族全部臣服於他，真正認可了顓頊是軒轅的國君。

顓頊看時機成熟，提議遷都，打算把軒轅的國都從軒轅城遷到軹邑城。雖然之前，政令已多從神農山出，軹邑城儼然有陪都之勢，可當顓頊正式提出此事時，仍然是一石驚起千層浪。中原的氏族自然樂見其成，軒轅的老氏族自然是強烈反對。

可顓頊心意已決，下令禺疆出具遷都方案。禺疆的方案考慮周詳、安排齊全，眾人皆知禺疆是顓頊的心腹重臣，顯然，顓頊籌畫遷都已不是兩三年了。在完備周詳的方案前，所有人的質疑顯得軟弱無力。如果拋開自己的鄉土觀念，軒轅的老氏族也不得不承認，軒轅城的確已不適合做日漸繁

榮強盛的軒轅國都城。

經過半年多商討，顓頊力排眾議，下令遷都。

顓頊手下有一幫人，已經建了四五十年的宮殿，對建築施工有著豐富的經驗，再加上中原氏族的鼎力支持，王令頒布後，他們熱火朝天、快馬加鞭，經過一年多的改造建設，在原神農都城的基礎上，建起了一個布局更合理、城牆更堅固、宮殿更盛大的國都。

也許是為了照顧軒轅老氏族的心情，也許是自己念舊，顓頊把軹邑的王宮命名為上垣宮，和軒轅城的王宮同名。中原的氏族沒介意這細枝末節，軒轅的老氏族沾沾自喜，覺得自己畢竟還是正統，結果是皆大歡喜。

軒轅城的那座上垣宮沒有更名。因為在西邊，不知誰第一個叫出了西上垣宮的叫法，人們為了區別，漸漸地把軒轅城的上垣宮叫做了西宮，和軹邑的上垣宮區別開。

顓頊挑選了吉日，宣布軒轅遷都，軹邑城成為了新的軒轅國都。

顓頊每日來看望黃帝時，都會把朝堂內的事說給黃帝聽，黃帝從不發表任何意見，沒有嘉許、也沒有批駁，有的只是一種冷靜地觀察，似乎在暗暗考核，顓頊是否真如他對天下所宣布的那樣，有著宏偉的志向、博大的心胸、敏銳的頭腦、旺盛的精力。

顯然，顓頊的所作所為讓黃帝真正滿意，這個他寄予了重望的孫子不僅沒有讓他失望，反而讓他驚喜。

當軹邑城成為軒轅國都的那日，黃帝聽著外面的禮炮聲，對小夭說：「顓頊，做得很好！」

小夭笑，「您一直沉默，很多老臣子還拿您壓過顓頊呢！說軒轅城是您和外祖母一手建造，您絕不會願意遷都。」

黃帝說道：「遷都就意味著要打破舊的傳統，勢必會承受非同一般的壓力，可顓頊卻做到了，很好！」

小夭也為顓頊驕傲，「哥哥想做的事情絕不會放棄！」

待遷都的事塵埃落定，一日，顓頊來看黃帝時，黃帝找了個藉口，把阿念打發出去。

黃帝對顓頊說：「是時候立王后了，讓中原的氏族徹底安心。」

顓頊下意識地看向小夭。一直沒精打采的小夭霍然轉頭，問道：「哥哥想立誰為王后？」

顓頊緊抿著唇，不發一言。

黃帝盯著顓頊，心內暗嘆了口氣，緩緩說道：「當然只能是神農馨悅。」

小夭說：「我不同意！」

顓頊驚喜地看著小夭，小夭不滿地說：「我不是反對馨悅當王后，可阿念呢？你們把阿念放在哪裡？」

顓頊眼內的驚喜慢慢退去，他低下了頭，怔怔愣愣，不知道在想什麼。

黃帝對小夭說：「如果現在立阿念為后，神農族肯定不滿，赤水氏也會不滿，所有的中原氏族會認為顓頊過河拆橋，欺騙了他們。如果我們一直待在軒轅山，沒有遷都到中原，我們有退路，至少能維持當時的現狀，可現在我們已經沒有退路，只能走下去。小夭，妳想怎麼樣？難道為了阿念一人，讓天下再大亂嗎？」

小夭回答不出來。這幾年她雖然很少下山，可就那麼偶爾的幾次，她也能感受到整個大荒正在發生變化——中原的氏族正在警惕小心地接納，軒轅的老氏族也正在小心翼翼地融入。這個時刻，就像兩頭猛獸本來生活在兩個山頭、互不干涉，卻被趕到了一處，正在徘徊試探，如果試探清楚彼此沒有敵意，就能和平共處，日子久了還能友好地作伴，可一旦有一絲風吹草動，那麼就很有可能撲上去咬噬對方。

小夭走到顓頊身邊，問道：「哥哥，馨悅和阿念，你想立誰為后？」

顓頊笑起來，「你們喜歡誰就誰吧，我無所謂，反正，我這輩子就這樣了！」說完，竟然起身，揚長而去，都沒給黃帝行禮告退。

小夭跺腳，「哥哥！你、你……什麼叫你無所謂？」

黃帝道：「讓他一個人靜一靜吧！」

小夭沮喪又氣惱地看著黃帝，「如果外公早就認定馨悅是王后，為什麼還要給阿念希望？」

黃帝道：「這事我來和阿念說，妳就不要管了。阿念，妳進來！」

阿念咬著唇，紅著眼眶走進來，顯然已經偷聽到顓頊要立馨悅為王后了。

黃帝對小夭揮揮手，示意她離開，又對阿念溫和地說：「過來，到爺爺身邊來，我有些話要和妳說。」

「爺爺！」阿念趴在黃帝膝頭，嚎啕大哭起來。

小夭在阿念的哭聲中，走出了殿堂，心中俱是無奈。黃帝畢竟不是一般的老人，即使是在這小小的殿堂裡，他依舊操縱著人心。

天色黑透後，阿念才回了自己所住的寢宮。

小夭在殿內等她，看到阿念的眼睛紅腫得像兩個小桃子，不禁嘆息，「妳難道是把一生的眼淚都在今日流光了嗎？」

阿念說：「我倒希望。」

小夭問：「外公和妳說了什麼？」

阿念說：「我答應了爺爺，這是我和他之間的秘密。」

「妳打算怎麼辦？」

「我明天回高辛。」

小夭喜悅地說：「妳不想嫁給顓頊了？那可太好了！」

阿念道：「妳胡說什麼？我只是覺得我再待在這裡不合適了。不管顓頊哥哥娶多少女人，都和我沒有關係，可是王后和別的女人不同。紫金宮要有女主人了，而這個女主人並不歡迎我住在這裡，我好歹是高辛王姬，我可以為顓頊哥哥做任何事，但我不能讓高辛跟著我丟臉。」

小夭皺眉看著阿念，猜不透黃帝到底給阿念說了什麼。

阿念對小夭說：「姊姊，別再整日無所事事地發呆了，妳也老大不小，是時候該為自己的將來好好想想了。」

「啊？妳說我？」小夭回不過神來。

阿念語重心長地說：「妳整日沒精打采、無所事事，只有哥哥、爺爺、我時，誰都不會在意。可馨悅做了軒轅王后，她就是紫金宮的女主人。以前妳是尊，她為卑，但日後，她是尊，妳為卑，連她的父親見了她都得行禮，何況妳只是個未過門的嫂子呢？

人與人的地位發生變化後，很多事情都會變化，她看待妳的目光、對待妳的方式都會自然而然變化，我覺得，她不會樂意看到妳這個喪氣樣子。妳如果聰明乖巧，就該換一種敬重親暱且略帶討好的態度對她，讓她感覺到妳很清楚她是至高無上的王后，但妳能做到嗎？妳連對俊帝和黃帝兩大帝王都隨心所欲，會把一個王后放在眼裡？」

小夭自嘲地說：「我的確做不到敬重親暱且略帶討好地對她。」

阿念說：「不管妳怎麼對父王和爺爺，他們都是妳的親人，他們會包容妳，可馨悅不會。女人的心眼很小，尤其馨悅這種，一生經營就是為了自己的地位，妳的隨意只會讓馨悅覺得妳沒把她放在眼裡。她會掩飾得很好，但她一定會心生恨怨，至於她會怎麼對付妳，我就想像不出來了。」

小夭驚訝地看著阿念，「這些話是不是外公給妳分析的？」

阿念瞪著小夭，「爺爺是說了一點，但爺爺並不是特意說妳，他是給我分析為人處事的道理。我從小就生長在宮廷中，很多事情，即使沒看過，也聽聞過。我對爺爺不正好就是敬重親暱且略帶討好嗎？」

小夭想了想，大笑道：「倒真的是呢！原來那樣就是敬重親暱且略帶討好。」

阿念不滿，「看在妳白日幫我說話的分上，人家幫妳，妳卻渾不當回事！我告訴妳，妳若再這個樣子，遲早要吃馨悅的大虧！我看妳還是跟我回高辛吧！在五神山，妳愛怎麼樣，都不會有人敢對付妳！」

小夭微笑著不說話。雖然五神山有父王，可也許因為母親休棄了父王後，她一直跟母親生活在朝雲峰，總覺得父王、靜安王妃和阿念才是完整的一家人，她像個格格不入的客人，反倒在顓頊和黃帝身邊，她才覺得像是和家人在一起。

可是，阿念說得很對，顓頊的家就要有女主人了，她的性子只怕不討女主人的喜歡。

曾經天真地以為，不管怎麼樣，這世上，哥哥的家就是她的家，可真走到這一步，才發現願望總是美好的，現實卻總是冷酷的。哥哥的家只是哥哥的家，她可以暫住，如果長住，那叫寄人籬下，必須要懂得看主人眼色，否則只會惹人厭棄。

阿念看小夭的樣子應該是不想和她回五神山，說道：「妳不喜歡住在五神山，神農山又不適合長住，那就只有一條出路了。」

「什麼？」

「嫁人啊！嫁人是所有女人唯一的出路，當然，除非妳打算到玉山去做王母。」阿念嘆了口氣，「不過，妳嫁了人也麻煩，我看豐隆長年留在軹邑，說不定顓頊哥哥還會賞賜他住在神農山。豐隆交遊廣闊，又是赤水族的族長，做他的夫人也應該長袖善舞，妳卻……有些呆笨，不會說話，連怎麼打扮都不會，現在都有人在背後笑話妳，將來還不知道妳要鬧出多少笑話，如果妳再不討王后的歡心，妳以後的日子可怎麼過……唉！」

小夭道：「妳別再說了，我本來就夠絕望，妳再說下去，我簡直覺得活得失敗透頂，前路沒有一絲希望。」

阿念噗哧笑出來，「本來我心情挺糟糕，可看到妳，覺得我比妳還是強多了。」

小夭站起，說道：「睡吧！明日我和妳回五神山。」

「咦？為什麼？」

「妳說為什麼？我和馨悅少接觸一點，至少還能保留一點以前的情誼，若住在一個宮殿裡，抬頭不見低頭見，遲早把那點情誼消磨乾淨，惹得她厭煩，所以我還是趁早離開吧！」

阿念笑，「原來妳還是把我的話都聽進去了。」

「這宮廷女人的生活，妳比我有經驗得多，我應該聽妳的。」

阿念滿意地點頭，「這還差不多。」

小夭從阿念的寢殿出來，想著如果明日要走，今晚應該去和顓頊辭行，可顓頊歇息在哪個女人的殿內呢？

小夭苦笑。真的和以前不一樣了！她再不能像以前一樣，想找他時，就叫著哥哥，快活地衝進去找他。

小夭嘆了口氣，回去吧！反正不管辭行不辭行，都要離開，今夜說、明日說，沒有區別。

小夭回到寢殿，躺在榻上，翻來覆去睡不著。

失去璟時，她覺得還有顓頊，無論如何，她不可能失去顓頊。

可是，今夜，她第一次意識到，她正在逐漸失去顓頊。

當年，他們攜手走上朝雲峰時，都堅信不管任何困難危險，都分不開他們，他們一定會彼此扶持，走到最後。

的確，他們做到了，不管任何困難危險，都沒有打敗他們，沒有讓他們放棄對方。

可是，走到最後，他們中間開始有越來越多的人和事，自然而然就要分開了。

並不是誰想要疏遠誰，也不是誰開始不在乎誰，可世事竟然就是如此無情，不知不覺中已走到了這一步。

小夭覺得心口悶得發疼，不禁翻身坐起，大口地吸著氣。本來只是失眠，可日子長了，竟好似落下心痛的毛病。她知道相柳又要被她打擾到了。

這些年來，無數個漆黑寂靜的夜，痛苦難忍時，因為知道還有個人感同身受，並不是她孤單一人承受一切，就好似有人一直在陪伴她，讓她安慰了許多。

也曾在寄送的毒藥中夾帶了訊息，抱歉自己打擾他，提醒他如果有空時，他們可以去九黎，但相柳沒回覆。小夭提了一次，再沒有勇氣提第二次。

小夭撫著心口，緩緩躺倒，靜躺了許久，慢慢地沉睡過去。

翌日，小夭去看黃帝時，阿念和顓頊都在。

阿念氣色很不好，眼睛依舊紅腫，看來昨晚又哭了一場。顓頊卻也氣色不好，眼眶下烏青，簡直像通宵未睡。

小夭覺得好笑，卻不知道自己也是氣色難看，只不過她向來睡到晌午才起，今日難得起得早，沒有睡夠也是正常。

顓頊對小夭說：「我和爺爺商量過了，決定立馨悅為王后。」

阿念靜靜地坐在黃帝身旁，雖然沒有一絲笑意，卻十分平靜。

既然阿念都不反對，小夭更沒有反對的理由，說道：「好啊！」

顓頊盯著小夭，目光灼灼，小夭笑了笑。

阿念對小夭說：「我剛才已經和爺爺、哥哥辭行了，待會就出發，回五神山。」

小夭對黃帝和顓頊笑道：「我也很久沒回去看望父王了，所以，我打算和阿念一起回去。」

黃帝說：「回去看看妳父王也好。」

顓頊問：「妳什麼時候回來？」

小夭愣了一下。什麼時候回來？她還真沒想過！不像以前，每次回去，都知道自己肯定會回到顓頊身邊，所以收拾東西時，都只是帶點衣物就離開。這一次，竟然潛意識裡有了不再回來的打算，剛才珊瑚問她哪些東西打包，她隨口給的吩咐是：都收起來吧，反正拉車的天馬有得是。

小夭笑道：「還沒決定具體什麼時候回來，陪父王一陣子再說。」

小夭以前回高辛時，也常常這麼說，可不知道為什麼，顓頊覺得，這一次小夭的語氣很敷衍。他想問她，可當著爺爺和阿念的面，又問不出來，反倒淡淡說：「也好。」顓頊第一次明白，原來越是緊張的，藏得越深。

顓頊沒有回去處理政事，一直陪著小夭和阿念。

阿念依依不捨，叮嚀著顓頊，顓頊只是微笑著說好。小夭坐在黃帝身邊，幫他診脈，囑咐著黃帝平日應該留神注意的事。

這些年她幫黃帝細心調理，黃帝又用心配合，身體好了不少。只要平日多在神山靜心修煉，再用靈草慢慢滋補，再活幾百年一點問題都沒有。

顓頊傳了點心小菜，陪著小夭和阿念用了一些。

待吃完茶，消了食，海棠來稟奏：「行李都已經裝好，王姬是否現在出發？」

小夭和阿念站起身，給黃帝磕頭，黃帝對顓頊說：「你送完她們就趕緊去忙你的事吧，不必再回來陪我。」

「是！」

顓頊陪著小夭和阿念出來。

行到雲輦旁，顓頊看小夭和阿念坐一輛雲輦，還有五輛拉行李的大雲車。

小夭離開時從來不用載貨的雲車，顓頊笑道：「阿念，妳的行李可真不少，該不會把整個殿都搬空了吧？」

阿念眨巴了幾下眼睛，「不全是我的。」

顓頊轉身，看向苗莆，苗莆奏道：「有三輛車裝的是大王姬的行李。」

顓頊的面色驟然陰沉，嚇得苗莆立即跪下。

顓頊緩了一緩，徐徐回身，微笑著說：「小夭，妳下來，我有話和妳說。」

小夭已經在閉著眼睛打瞌睡，聽到顓頊叫她，打了個哈欠，從雲輦裡鑽了出來。

顓頊拽著她走到一旁，小夭懶洋洋地問：「什麼重要的話啊？」

阿念好奇地看著他們，可顓頊下了禁制，什麼都聽不到。

顓頊問小夭：「妳打算什麼時候回來？」

「我還沒想好，總得陪父王住一陣子，再考慮回來的事吧！」小夭納悶，不是已經問過了嗎？

「一個月能回來嗎？」

「不可能！」現在才剛開始商議婚事，一個月，馨悅和顓頊有沒有行婚典還不一定。

「兩個月能回來嗎？」

「也不太可能。」

「三個月能回來嗎？」

「不行。」

「四個月能回來嗎？」

「不行。」

……

顓頊居然一個月一個月地問了下去，小夭從不可能到不太可能，從不行到恐怕不行……

「十三個月能回來嗎？」

小夭只覺得那個「恐怕不行」再說不出口，她遲疑著說：「我不知道。」

顓頊說：「那好，十三個月後我派人去接妳。」

小夭忙說：「不用了，我要回來時，自然就回來了。」

顓頊像沒聽到她說什麼一樣，「十三個月後，我派人去接妳。」

未等小夭回答，顓頊就向雲輦走去，顯然打算送小夭走了。

小夭一邊走，一邊哼哼唧唧地說：「來來回回，我早走熟了，哪裡需要人接？如果十三個月後，萬一……我還……不想回來，那不是白跑一趟嗎？算了吧！」

顓頊停住步子，盯著小夭，小夭居然心一顫，低下了頭。

顓頊說：「如果妳不回來，我會去五神山接妳。」說完，他提步就走，步子邁得又大又急。

自古王不見王，就算俊帝是顓頊的師父，可如今顓頊是一國之君，怎麼能擅自冒險進入他國？小夭懷疑自己聽錯了，追著顓頊想問清楚，「你說什麼？」

顓頊把小夭推上雲輦，對她和阿念說：「路上別貪玩，直接回五神山，見了師父，代我問好，一路順風！」

顓頊走開幾步，對馭者說：「出發！」

馭者立即甩了鞭子，四匹天馬騰空而起，拉著雲輦飛上了天空。

小夭和阿念擠在窗戶前，阿念衝顓頊揮手，顓頊也朝她們揮了揮手。

直到看不到顓頊了，阿念才收回目光，幸災樂禍地看著小夭，「挨訓了吧？難得看哥哥朝妳發火啊！他為什麼訓妳？」

小夭躺到軟枕上，「我腦子糊里糊塗的，得睡一會。」

「妳每天晚上都去做什麼了？難道不睡覺的嗎？」

小夭長長嘆了口氣。她每夜要醒好幾次，即使睡著了，也睡不踏實，睡眠品質太差，只能延長睡眠時間。

阿念說：「喂，問妳話呢！」

小夭把一塊絲帕搭在臉上，表明：別吵我，我睡了！

一個半月後，軒轅國君軒轅顓頊迎娶了神農王族後裔神農馨悅為王后。

婚典十分盛大，舉國歡慶三日。這場婚典，等於正式昭告天下，以軒轅氏為首的黃帝部族和以神農氏為首的炎帝部族真正開始融合。

在婚典上，神農馨悅按照神農族的傳統，尚紅，吉服是紅色，顓頊卻未按照軒轅族的傳統，尚黃，著黃衣，而是穿了一襲黑衣，點綴金絲刺繡。

沒有人知道顓頊此舉的含意，但這套黑色正服顯得威嚴莊重，金絲刺繡又讓衣袍不失華麗富貴，以致婚典過後，不少貴族公子都模仿顓頊穿黑袍。

豐隆戲稱顓頊為黑帝，開了尚黑的風氣，豐隆的戲稱在一群和顓頊親近的臣子間很快傳開。因為黃帝仍在世，人們為了區分二帝，暗地裡都跟著豐隆他們稱呼顓頊為黑帝，顓頊聽聞後，笑道：「我正為稱呼犯愁，既然如此，以後我就是黑帝吧！」

從此，黑帝顓頊的名號正式確定。

三日婚典後，顓頊頒布了法令，鼓勵中原氏族和軒轅老氏族通婚，凡有聯姻的，顓頊都會給予賞賜，那些聯姻家族的子弟也更受關注，更容易被委以重任。

本來不屑和中原氏族交往的軒轅老氏族，因為遷都，不得不嘗試融入中原生活。人又畢竟都是現實逐利的，在顓頊的鼓勵和強迫下，漸漸地，軒轅老氏族和中原氏族通婚的越來越多。

不管有再多的敵對情緒，一旦血脈交融的下一代誕生後，口音截然不同、飲食習慣截然不同的爺爺和外公看著一個冰雪可愛的小傢伙，臉上疼愛的表情一模一樣。

雖然，軒轅和神農兩大族群真正的融合還需要很長時間，但無論如何，顓頊成功地走出了第一步。也許千萬年後，當黃帝和顓頊都看不到時，這大荒內，既沒有了神農炎帝的部族，也沒有了軒轅黃帝的部族，有的只是血脈交融的兩族子孫。

大半個大荒都在為國君和王后的婚禮歡慶，高辛也受到影響，酒樓茶肆裡的行遊歌者都在講述軒轅國君的婚禮盛況，讓聽眾嘖嘖稱嘆。

阿念很不開心，小夭也不開心。

小夭開始真正明白阿念說的話，王后和其他女人都不同。以前不管顓頊娶誰，小夭都沒感覺，只是看著阿念和馨悅糾結，反正不管顓頊娶多少女人，她都是他妹妹。可這一次，小夭覺得顓頊真的屬於別人了，縱然她是他妹妹，但以後和他同出同進、同悲同喜的人是馨悅。小夭和他再不可能像以前一樣，躺在月下，漫無邊際地聊天；以後她再生了病，顓頊也不可能就睡在外間，夜夜守在榻邊，陪著她。

小夭不得不承認，馨悅奪走了她最親的人。

小夭把自己的難受講給阿念聽，阿念不但不同情她，反而幸災樂禍，「妳也終於有今日了。」嘲笑完小夭，阿念感覺更加難受了。以前因為小夭和顓頊密不可分地親近，她總有一種隱隱的優越感，覺得自己和其他女人都不同，可現在連小夭都覺得顓頊被馨悅奪走了，她豈不是距離顓頊更遙遠了？

小夭晚上睡不好的病症依舊，她一般都是晌午才起身，用過飯，就去漪清園待著，也不游泳，一個人坐在水邊，呆呆地看著水。

有一次，俊帝走進漪清園，天色已黑透，小夭依舊呆坐在水邊，以她的靈力修為，只怕不可能視黑夜如白晝。

俊帝問：「妳每日在水邊冥思，已經思了幾個月，都想出了些什麼？」

小夭說：「我想起了很多小時候的事。娘很疼愛我，可是那麼疼愛，她依舊為了什麼家國天下的大義捨棄我。她捨不得別的孩子沒有爹娘，可她捨得讓我沒了娘。我最近會忍不住想，如果她沒有捨棄我，好好地看著我長大，我會是什麼樣子？我的性格是不是不會這麼彆扭，我是不是會比現在快樂一點？」

俊帝說：「小夭，妳魔障了，妳得走出來，別被自己的心魔吞噬了。如果是為了塗山家的那隻小狐狸，我去幫妳把他搶來。」

小夭笑道：「父王，你忘記了嗎？我已經有未婚夫了。」

俊帝愣了一愣，說：「我寫信讓赤水豐隆來陪妳。」

小夭道：「好啊，讓他來看看我吧！」正如顓頊所說，治療悲傷的唯一方法就是用得到彌補失去，讓快樂撫平痛苦。其實，治療失去舊情人痛苦的最好方法就是找到新情人，可是，豐隆……他的情人是他的雄心壯志。

豐隆接到俊帝的信後，星夜兼程，趕來看小夭，陪了小夭一天半，又星夜趕回了中原。

俊帝有心說豐隆兩句，可豐隆的確是放下手頭一堆的事情來看小夭，他回去也是處理正事，並不是花天酒地。對男人的要求都是以事業為先，豐隆完全沒有做錯，俊帝只能無奈地長嘆了口氣。

小夭對俊帝說，她不想住在神山上了，但俊帝絕不允許小夭離開五神山。兩父女爭執的結果是各做了一步退讓，小夭離開承恩宮，去了瀛洲島。

以前，小夭總處於一種進攻和守護的狀態，所以，對毒藥孜孜不倦地研究，堅持不懈地練習箭術。自從失去了璟，顓頊登基後，再無可失去、再無可守護，小夭突然洩了氣，徹底放棄了箭術，除了為相柳做毒藥，也不再琢磨毒術。

大把時間空閒下來，為了打發時間，小夭在瀛洲島上開了一家小醫館。

在大荒，女子行醫很常見，可小夭總是戴著面紗，病人對一個連長相都看不到的醫師很難信任，因此小夭的醫館門庭冷落。

小夭也不在意，每日晌午後開門，讓珊瑚在前面守著，她在後面翻看醫書，研磨藥材。

偶爾來一兩個窮病人，看不起其他醫館，只能來這個新開的醫館試試，將信將疑地拿著小夭開的藥回去，沒想到還挺管用。漸漸地，醫館有了稀稀落落的病人，大部分都是海上的苦漁民。有時候，病好後，還會給小夭提來兩條魚。

小夭下廚燒給珊瑚和苗莆吃，珊瑚和苗莆都驚得眼睛瞪得滴溜溜圓，王姬做的魚竟然不比王宮裡的御廚差呢！

這樣的生活瑣碎平凡，日復一日，小夭忘記了時間。當顓頊派人來接她時，她才驚覺已經十三個月了，可是，她不想回去。

以前，她陪伴著他，是因為他走在一條步步殺機的道路上，除了她，再無別人。

可現在，他是一國之君，有大荒內最優秀勇猛的男兒追隨，有大荒內最嫵媚美麗的女子相伴，他的王圖霸業正在一點點展開，而她累了，只想過瑣碎平凡的日子，不想再面對那些動輒會影響無數人命運的風雲。

小夭寫了一封信，讓侍從帶給顓頊。

小夭等了幾天，顓頊沒什麼反應，看來是同意她不回去了。她鬆了口氣，安心過自己的日子，卻又十分悵然。

晌午後，一個漁民應小夭的要求，給小夭送來一桶新鮮打撈的海膽。

小夭最近發現了不少《神農本草經》中沒有記載的藥材，大概因為炎帝生活在內陸，所以寫《神農本草經》時，對海裡的藥材記錄不多，小夭從漁民的小偏方中發現了不少有用的藥材，海膽就是其中之一。

小夭挽起袖子，在院內收拾海膽，海膽的肉剝出來晚上吃，殼晒乾後，就是上好的藥材。

虛掩的院門被推開，一個人走了進來。

小夭正忙得滿手腥，頭未抬地說道：「看病去前堂等候。」

來者沒有說話，也沒有離開。

小夭抬頭，看是顓頊，驚得小刀滑了一下，從左手手指上劃過，血湧了出來。

「嚴重嗎？」顓頊忙問道。

小夭捏住手指，「你怎麼來了？你瘋了嗎？」

「讓我看一下。」

小夭把手伸給顓頊，沒好氣地說：「我沒事！有事的是你！」

顓頊先用帕子和清水把傷口清理了一下，拿出隨身攜帶的小藥瓶，倒出一顆流光飛舞丸，捏碎了。這麼點血口，一顆流光飛舞，很快就讓傷口凝合。

小夭問：「你來這裡的事，有多少人知道？」

「如果妳現在跟我走，不會有多少人知道。但如果妳不跟我走，我就不知道會有多少人知道了，也許——全大荒！」

「你……你在脅迫我？用我對你安危的關心？」小夭匪夷所思地說。

顓頊挑了挑眉頭，思索一瞬，認可了小夭的說法，「是啊，我在脅迫妳。」

顓頊在耍無賴！小夭在市井混時，也做過無賴，那就看誰更無賴唄！她說：「我才不相信我不跟你回去，你就不回去了！你要想留就留吧！」小夭坐在木墩上，繼續收拾海膽。

顓頊踢了根木樁過來，挽起袖子，把長袍一撩，坐在木樁上，幫小夭收拾海膽。他連刀都不用，手輕輕一捏，乾脆俐落地收拾乾淨一個。他也不是沒在市井混過，兩無賴相遇，誰更無恥、更心狠，誰就贏。

顓頊一邊收拾海膽，一邊和小夭商量怎麼吃海膽。他在高辛生活了兩百多年，論吃海鮮，小夭可比不過他，顓頊娓娓道來，儼然真打算留下了。

小夭茫然了。顓頊一直對她很遷就，她也從未違逆過顓頊的意願，這竟然是他們倆第一次在一件事情上出現分歧，小夭不知道該怎麼辦了。

兩人收拾完海膽，顓頊幫小夭把海膽殼洗乾淨，晾曬好。期間有病人來看病，小夭戴好帷帽，跑出去給人看病，心裡默默地祈禱：等我回去，顓頊就消失了！

等她回去，顓頊依舊在，正在幫她劈柴。

天色漸漸黑了，顓頊洗乾淨手，進了廚房，開始做晚飯。

小夭站在院子裡發呆，像一根木樁子，珊瑚和苗莆也化作了人形木樁子。

半個多時辰後，顓頊叫：「吃飯了！」

苗莆如夢初醒，趕緊衝進廚房去端菜。

高辛四季溫暖，平常人家都喜歡在院子裡吃飯，小夭的院子裡就有一張大案，珊瑚趕緊把大案擦乾淨。

不一會，案上放滿了碗碟。

顓頊對院子外面說了一聲：「你們也進來一塊吃一些。」

唰唰地進來了八九個暗衛，苗莆用大大碗公盛上飯，撥些菜蓋在飯上，他們依次上前端起，沉默地走到牆邊，沉默地吃飯。

顓頊說：「我們坐下吃吧！」

他給小夭盛了飯，小夭捧著碗，默默撥弄著拉飯，顓頊給小夭夾了一筷子海膽肉，「妳嘗嘗看如何？」

小夭塞進嘴裡，食不知味。

用完飯，顓頊依舊沒有一絲要走的意思，竟然讓苗莆幫他去鋪被褥，而他自己在廚房裡燒水，打算洗澡。

小夭撐不住了，站在廚房門口問：「你來真的？」

顓頊問：「難道妳覺得我萬里迢迢跑來五神山，是和妳玩假的嗎？」

小夭知道這件事，誰更無賴誰更狠，誰就贏，可是她真的不能拿顓頊的安危來鬥狠，所以她只能投降。小夭恨恨地說：「我跟你走！但你記住，我不是心甘情願的！」

顓頊什麼都沒說，隨手一揮，灶膛裡的火熄滅。

他走出廚房，說道：「立即回神農山。」

苗莆箭一般從屋子裡衝出來，背著個大包裹，對小夭笑道：「王姬，所有東西都收拾好了。」

小夭瞪了她一眼，低聲說：「叛徒！」

苗莆癟著嘴，低下了頭。

顓頊的玄鳥坐騎落下，他對小夭伸手，示意小夭上來。小夭沒理他，走到一個暗衛身前，「我乘你的坐騎。」

暗衛看向顓頊，顓頊頷首，暗衛才默默讓小夭上了他的坐騎，說道：「請王姬坐下，抱住玄鳥的脖子。」

玄鳥騰空而起，立即拔高，隱入雲霄。

也不知道蓐收從哪裡冒了出來，驅策坐騎，護送著他們飛過一道道關卡，直到飛出了五神山的警戒範圍。

顓頊對蓐收道：「謝了！」

蓐收苦著臉說：「算我求你，你以後千萬別再來了！你要是太想念我，我去拜訪你，你要是想見誰，除了陛下，我都綁了，親自送到你老人家面前！」

顓頊笑著揮揮手，在暗衛的保護下，呼嘯離去。

蓐收喃喃說：「早知道你這麼渾，我當年就是被我爹打死，也不該和你一起學習修煉！」他嘆了口氣，去向俊帝覆命。

一路風馳電掣，所幸平安到達神農山。

顓頊沒有帶小夭去紫金頂，而是帶小夭去了小月頂，並給小夭解釋道：「爺爺早已搬來小月頂住，妳應該想和爺爺住得近一些。」

想到可以不用和馨悅經常見面，小夭如釋重負，「聽說小月頂有個藥谷，炎帝晚年長年居住在藥谷中，爺爺是住那裡嗎？」小夭對醫術的興趣遠遠不如毒術，雖然在紫金宮的藏書中看到過藥谷的記載，卻從沒來過。

顓頊說：「是那裡。」

坐騎還未落下，小夭已經看到鋪天蓋地的火紅鳳凰花，如烈焰一般燃燒著，驚訝地說：「你在這裡也種了鳳凰樹？」

顓頊說：「是啊，當年看這個山上的章莪宮不錯，想著也許妳會喜歡，就在山裡面種了一些鳳凰樹。」

小夭從坐騎上下來，如同做夢一般走進鳳凰林中，漫天紅雲，落英紛紛，和朝雲峰上的鳳凰林一模一樣。

小夭伸手接住一朵落花，放進嘴裡吸吮，甜蜜芬芳，也和朝雲峰上的鳳凰花一模一樣。從朝雲峰到小月頂，隔著幾十萬個日夜之後，她終於再次看見了鳳凰花。

小夭把一朵鳳凰花遞給顓頊，「你做到了！」

顓頊拿住鳳凰花，「不是我做到了，是我們做到了！」

顓頊把鳳凰花插到小夭髻邊，拉著她往鳳凰林深處走去。

密林深處，一株巨大的鳳凰樹下，一個能坐兩人的秋千架，靜靜等著它的主人。

小夭禁不住微微而笑，心中湧起難言的酸楚。小時候，她一直想在鳳凰林內搭個大大的秋千架，和顓頊一起盪秋千，可那時娘親很忙，沒時間帶她進山。娘親為了能一邊照顧外祖母，一邊看顧她和顓頊，只在庭院內的鳳凰樹下給她搭了一個小小的秋千架。如今，大大的秋千架終於搭好了，卻再不會有人看她和顓頊一起盪秋千。

顓頊似知她所想，輕輕地攬住了她的肩，「我們自己能看到。」

小夭點點頭。

顓頊問：「要盪秋千嗎？」

小夭搖搖頭，「我們先去見外公。」

顓頊帶小夭走出鳳凰林，順著溪邊的小徑，走進了一個開闊的山谷。

山谷內有四五間竹屋，竹屋前種了兩株鳳凰樹，花色絢爛。幾隻九色鹿在屋後的山林中悠閒地吃草，屋前的山坡上是一塊塊藥田，黃帝挽著褲腳，戴著斗笠，在田裡勞作。

顓頊說：「這條進藥谷的路不方便，平時妳可以從另一條路走，那條路上有個花谷，種滿了藍色的花。」

小夭走到田裡，蹲下看了看藥草，不禁點了下頭，揚聲對黃帝說：「種得還不錯。」

黃帝笑道：「我小時，為了填飽肚子，耕地打獵都做過。雖然多年不做，已經生疏，但人年少時學會的東西，就好似融入骨血中，不管隔了多久，都不會忘記，再做時，很快就能上手。」

小夭看著黃帝，他滿腿是泥，黑了許多，卻更有精神了，「不用給您把脈，都能看出您身體養得不錯。」

「土地和人心不一樣，以前和人心打交道，勞心傷神，現在和土地打交道，修心養神，身子自然而然就舒暢了。」

小夭道：「是啊，你精心對待土地，土地就會給予豐厚的回報，人心，卻無常。」

黃帝從田裡走出來，對顓頊說：「你趕緊回去，雖然有瀟瀟幫忙遮掩那九尾狐傀儡，可你娶的女人沒一個是傻子。」

「孫兒這就回去。」顓頊對黃帝行禮，又看了眼小夭，才離開。

小夭驚訝地對黃帝說：「您居然知道？您居然允許顓頊胡來？」

「我能怎麼樣？他那麼大個人了，難道我還能把他綁起來嗎？我幫著他，他還會來和我商量，萬一有什麼事，我能及時處理，不至於真出亂子；如果我動輒反對，他背著我還不是照做？」

小夭無語反駁，因為黃帝說的都是事實。

珊瑚和苗莆站在竹屋前，黃帝指指右邊的三間，「妳們隨意安排吧！」

珊瑚和苗莆打開行囊，收拾起來，小夭也就算在小月頂安了家。

晚上，顓頊竟然又來了。

小夭依舊有怨氣，對他愛理不理。

顓頊一直笑咪咪地哄著小夭，小夭沒好氣地說：「別把你哄別的女人的那一套用到我身上，我可不吃你這一套！」

顓頊的笑意驟然逝去，默默地看著小夭，眼中隱有悲傷。

小夭被他瞅得沒了脾氣，無奈地說：「你還想怎麼樣？我已經跟你回來了！難道還要我向你賠禮道歉？」

顓頊又笑了，拽住小夭的衣袖，「知道逃不掉，以後別再逃了。」

小夭哼道：「這次我可沒想逃，我若真想逃，一定會去個你壓根沒有辦法的地方。」

顓頊微笑著說：「那我就去把那個地方打下來，變作我的地方。」

小夭笑，「好大的口氣！整個天下總有不屬於你的地方。」

顓頊笑咪咪地說：「那我就把整個天下都變作我的，反正不管妳逃到哪裡，我總有辦法能把妳找回來。」

小夭笑得直不起身子，「好啊，好啊，整個天下都是你的。」

黃帝散步歸來，聽到裡面一對小兒女的笑言，盯了顓頊一眼，禁不住暗暗嘆息。說者有心，聽者無意！

黃帝走過去，小夭往顓頊身旁挪了挪，給黃帝讓位置。

顓頊依舊捏著一截小夭的衣袖，在指上繞著結，小夭笑著拽回，顓頊又拽了回去，小夭往回拽，顓頊不鬆手，小夭對黃帝告狀：「外公，你看哥哥！」

黃帝笑笑，攤開手掌，把一個像半個鴨蛋模樣的東西遞給顓頊。

顓頊拿過去，低頭把玩，好似在回想著什麼，一瞬後，驚異地說：「河圖洛書？」他小時，曾聽黃帝講述過此物，卻是第一次見到。

黃帝頷首。

小夭湊到顓頊身前看，顓頊遞給她。小夭翻來覆去也沒看出什麼名堂，就是半個玉石蛋，裡面好似有些小點，乍一看，有點像天上星辰的排布。

顓頊說：「據說這裡面藏著一個關於天下蒼生的大秘密，現在看不出來什麼，要兩半合在一起，湊成一個完整的玉卵，才能窺察天機。」

小夭問：「另一半在哪裡？」

黃帝沒有說話，顓頊也沉默不語。

小夭以為是軒轅的密事，不再詢問，把半枚玉卵還給顓頊，笑道：「我先進去收拾一下，待會睡了。」

顓頊看小夭走了，立即下了禁制。

顓頊遲遲未說話，黃帝靜靜地等著。

顓頊終於開口：「因為一點不能釋然的疑惑，自從登基，我一直在查小夭的身世，本以為查證後，能解除疑惑，卻越查越撲朔迷離，甚至開始相信謠言。爺爺，小夭的父親究竟是誰？」

黃帝回道：「你姑姑未曾告訴我實話，但我想……小夭的父親是蚩尤。」

懷疑和證實畢竟是兩回事，顓頊呆了一會，喃喃說：「師父知道嗎？姑姑和他鬧到了決裂，他不可能不知道……可為什麼……就是因為他對小夭的態度，我才一直沒動過疑心，難道師父不知道？」

「就算以前不知道，見到小夭的真容後也該知道了。蚩尤的一雙眼生得最好，小夭要了他最好的，眼睛和蚩尤幾乎一模一樣，額頭也有些像。」

顓頊說：「可師父對小夭真的十分疼愛。」

黃帝道：「我曾懷疑過他的居心，現在也沒釋然，但大概因為我不再是君王，肩上沒了擔子，不必事事先以最壞的角度去考慮，所以我覺得，很有可能他沒任何居心，只是一點對故人的愧疚和懷念。」從青陽的死到昌意的死，甚至蚩尤的死，俊帝做過什麼，只有他自己心裡最清楚。

顓頊低頭凝視著手中的半枚玉卵，沉吟不語。

半晌後，他收起了玉卵，對黃帝說：「其實這樣很好，小夭不是俊帝的女兒，我倒覺得輕鬆了許多！」

黃帝說：「難道你打算讓小夭知道？」

顓頊沒有回答黃帝的問題，只是說道：「就算全天下知道了她是蚩尤的女兒又怎麼樣？不管蚩尤當年殺了多少人，現如今有多少人恨小夭，我有數十萬鐵騎在，難道還護不住她？」

黃帝道：「事情不是你想得那麼簡單。」

顓頊站起，對黃帝說：「爺爺早點休息吧，我去看一下小夭，也回去了。」

顓頊走進竹屋，小夭靠躺在榻上，翻看著《地理風物志》。

顓頊問：「怎麼對這些書感興趣了？」

「一方水土養一方草木，山水草木皆關身，我也是最近才發現醫術可不僅僅是頭痛醫頭、腳痛醫腳，往大裡說，可以包羅萬象。」

顓頊笑道：「回頭我命淑全整理藏經峰的藏書，再搜集天下書入藏經峰，妳要包羅萬象，我就給妳包羅萬象，保管妳看一輩子也看不完。」

小夭抿著唇笑起來，「無賴！」

小夭擱下書卷，翻身躺下，「我要睡了。」

顓頊彎身幫她合上了海貝明珠燈，卻未離開，蹲在她的榻頭，問道：「還生我的氣嗎？」

「哥哥，你現在已經不需要我了。」

「妳說錯了，我現在只是不需要妳的幫助。以前，雖然我是哥哥，可我一直在倚靠妳，但從現在起，妳可以倚靠我了。」顓頊握住小夭的手，「有什麼是妳父王能給妳，我卻給不了妳的呢？妳能住在五神山，為什麼不能住在神農山？」

小夭笑。好吧，好吧，滿足一下顓頊想翻身當大男人的願望！

小夭道：「好，我住下。不過先說清楚，我這人就這樣子，若以後讓你丟臉了、為難了，你可別怪我。」小夭從來沒有八面玲瓏、長袖善舞的本事，神農山和軹邑城卻越來越複雜，顓頊身邊的人也越來越複雜。

顓頊笑道：「我很期待那一日的到來。」

小夭推他，說道：「我能睡到晌午才起，你卻大清早就得起，趕緊回去休息吧！」

顓頊幫小夭蓋好被子，輕聲道：「我走了，明天再來看妳。」

第三十一章

為誰立中宵

最危急時，明知小夭答應嫁給豐隆是為了他，他卻什麼都做不了……
口口聲聲說著喜歡他的女人，連他的面都避而不見，
可小夭為了他，答應了嫁別的男人。

小月頂上的日子，十分空閒散漫。

顓頊說神農山和五神山一樣，其實不對，五神山沒有記憶，可神農山、澤州、軹邑都有太多曾經的記憶。不管走到哪裡，都能想起過去的事情。

小夭也不知道自己是不想面對過往，還是真的懶惰，反正她哪裡都不願去，顓頊提議她像在五神山時一樣，在軹邑開個醫館，小夭也不願意。

每日，小夭都是日過中天才起，起來後，有一搭沒一搭地翻一下醫書，只有煉製毒藥的時候才稍微精神點。

黃帝看她實在萎靡，好心地建議：「防風家那個小子，叫防風邶，對吧？我看你們玩得不錯，怎麼這幾年沒在一起玩了？妳可以找他陪妳四處逛逛。」

黃帝不說還好，一說小夭更加萎靡，連毒藥都不願做了，整日坐在廊下發呆。

一日，黃帝把小夭叫了過去，領著小夭走進一間竹屋。

屋內陳設簡單，就榻頭的一個玉石匣子引人注目。

黃帝對小夭說：「這間屋子是炎帝生前所居。」

雖然已經知道黃帝說的是哪位炎帝，小夭依舊忍不住問：「那位被尊奉為醫祖的炎帝？」

「對，就是寫了《神農本草經》的炎帝。」

雖然從沒見過面，可因為《神農本草經》，小夭對這位炎帝還是有幾分好奇，不禁默默打量著屋子。

黃帝走到榻旁，指著那個玉石匣子說：「這是炎帝生前研究醫術的劄記，妳可以看一看。」

小夭不太有興趣的樣子，隨口「嗯」了一聲。

黃帝說：「不管是他生前，還是他死後，世人對炎帝的敬重遠勝於我。統一中原後，我為了安撫天下氏族，不得不祭祀他，可說心裡話，我不服！但來到小月頂，無意中發現他生前的劄記，仔細看完後，我終於承認我不如他，至少過去的我不如他！小夭，我平生只信自己，炎帝是唯一令我敬重、敬佩的男人。」

小夭詫異地看著黃帝，很難相信雄才偉略、自負驕傲的黃帝能說出這樣的話。

黃帝說：「《神農本草經》在妳腦中幾百年了，不管妳背得多麼滾瓜爛熟，不管妳能治癒多少疑難雜症，妳都沒有真正懂得它。妳別不服氣地看著我，等妳看完這些，會明白我的意思。」

小夭不禁打開匣子，隨手拿起最上面的一枚玉簡開始閱讀。

這一看就看了進去，連黃帝什麼時候走的，小夭都完全不知道。

從下午到晚上，從晚上到天亮，小夭未吃未睡，一直在看。

笥記的開頭，炎帝寫道，因為嘗百草、辨藥性，發現自己中毒，他開始給自己解毒。

炎帝條理分明地記下了他服用過的每一種藥物。

因為要分析藥物使用前的症狀和使用後的症狀，炎帝詳細記錄了每一次身體反應：手足無力，嘔吐，五臟絞痛，耳鳴，暈眩，抽搐，心跳加速，半身麻痺，口吐白沫……

笥記精煉，沒有任何感情的流露，小夭看到的是一個個冰冷的字眼，可那背後的所有痛苦卻是肉身在一點點承受。

剛開始，小夭不明白，寫下《神農本草經》的人難道連減緩痛苦的方法都不懂嗎？可看著詳細的症狀記錄，她明白了，不是不知道，而是炎帝不願用，他想要留給世人的就是每一種藥物最原始的反應，讓後來者知道它們會造成的痛苦。

到後來，炎帝應該已經知道他的毒無法可解，可他依舊在用自己的身體嘗試著各種藥物，不是為了解毒，只是為了能多留下一些藥物。

能減緩心臟絞痛，卻會導致四肢痙攣；

可以減輕嘔吐症狀，卻會導致亢奮難眠；

可以治療五臟疼痛，卻有可能導致失明脫髮……

在這些冰冷的字跡後，究竟藏著一顆多麼博大、仁愛、堅毅的心？

一代帝王，甘願承受各種痛苦，只為了留下一種可能減緩他人痛苦的藥草。神族的壽命長，但漫長的生命如果只是去一次次嘗試痛苦，究竟需要多大的勇氣？

這些箚記只是炎帝中毒後的一部分，大概因為沒有時間進行反覆試驗和確認，《神農本草經》沒有收錄箚記中的藥物。《神農本草經》中的每一種藥草、每一個藥方、每一種診治方法都詳盡確實，那究竟需要多少次反覆的嘗試、多少的痛苦、多少的堅持才能成就一本《神農本草經》？

小夭看完箚記，呆呆坐了很久，才走出屋子。

黃帝靜靜地看著她，小夭說：「我錯了！我從沒有真正看懂過《神農本草經》！」以前總聽人說《神農本草經》是炎帝一生心血，她聽在耳裡，卻沒有真正理解，現在終於明白了，她輕慢的不是一本醫書，而是一個帝王的一生心血。

黃帝點了點頭，「錯了，該如何彌補？」

小夭回答不出來。

黃帝說：「炎帝來不及把最後的箚記整理出來，他肯定不在乎我是否祭祀他。如果我能把這部分箚記整理出來，惠及百姓，才是對他最好的祭祀，但我不懂醫術。」

黃帝拿起鋤頭去了田裡。

小夭盤膝坐在廊下，靜靜地思索。

傍晚，顓頊來看黃帝和小夭時，小夭對顓頊說：「我想學習醫術。」

顓頊詫異地說：「妳醫術不是很好嗎？」

小夭說：「我只是投機取巧。」她學習醫術走了一條詭徑和捷徑，為了殺人才精研各種藥草，靠著《神農本草經》，她治療某些疑難雜症，比很多醫術高超的大醫師都厲害，可基本功卻十分欠缺，一些能簡單解決的病症，她會束手無策，甚至複雜化，給病者帶來痛苦，所以她並不是一名真正的醫師。

小夭在瀛洲島行醫時，就發現了這個問題，但一直沒往心裡去，反正她又沒打算去普濟世人，她看不好的病，自然有人看得好。可今日，她開始直面問題，最後決定不破不立，忘記腦中一切的知識，從頭開始學習醫術。

顓頊問：「妳打算如何學習醫術？我命鄞來教妳？」

小夭搖搖頭，「現在的我還不配讓鄞來教導。」

顓頊道：「不管妳想怎麼做，我都會支援妳。」

軹邑城中有官府辦的專門教習醫術的醫堂，顓頊還下令凡宮廷醫師必須輪流去醫堂授課。

小夭戴起帷帽，讓自己變作一個完全不懂醫藥的人，去醫堂從最基礎的一步步學起。

小夭不再睡懶覺，開始每日早起，去醫堂學習；黃帝也每日早起，吐納養身，照顧藥田，不時翻看醫書。

小月頂上的一老一少過著平靜的日子。

每日，風雨無阻，顓頊都會來小月頂陪黃帝和小夭用晚飯。

也許因為經過好幾年的試探，顓頊明白黃帝已經真正放手，並沒有想做國君的國君的打算；也許因為經過好幾年的經營，顓頊已經真正掌控了整個軒轅，不需再畏懼黃帝，他不再像以往那樣，把朝堂內的事一件件都說給黃帝聽，只有真正重要的決策，才會和黃帝說一下。

大多數時候，顓頊不提政事、不提紫金宮，和黃帝談談土地雨水，詢問小夭今日學到了什麼，學堂裡可認識了新的朋友，可有什麼好玩的事。

顓頊有時候用完飯就離開，有時候會留得晚一些，陪小夭乘涼、盪秋千，幫小夭做些瑣碎的事，或者和小夭去鳳凰林內散步。

小夭覺得，她和顓頊之間一切都好似沒變化，顓頊依舊是她最親的人，可一切又不同。自從她回到神農山，顓頊從未讓她去過紫金頂，也從未讓她去過上垣宮，她其實被顓頊隔絕在他的生活之外。對此，小夭倒沒什麼意見，反正現在的他已不需要她。

寒來暑往，時光流逝，小夭已經在醫堂學習了兩年醫術。

下午，小夭從醫堂走出來時，看到豐隆等在路邊。

小夭笑著走過去，「今日又有空了？」

豐隆笑道：「我送妳回去。」

這兩年來，豐隆在軹邑時，就會抽空來小月頂看小夭，陪黃帝聊聊天，等顓頊到了，四人一起吃頓晚飯。

小夭到小月頂後，馨悅只來過一次。因為黃帝，小月頂無形中成了眾人迴避的地方，尤其馨悅。大概因為她從出生就在軒轅城做質子，黃帝在她心中代表著死亡的威脅，她對黃帝的畏懼伴隨著她所有的成長記憶。即使如今她已成為軒轅國的王后，明知道黃帝已經不會威脅到她的生命，可那種成長中的畏懼早已深入骨髓，馨悅每次見到黃帝，都會很不自在，所以，馨悅一直很迴避見黃帝，如果能做主，她真恨不得立即把黃帝趕回軒轅山。

那唯一一次的拜訪，馨悅非常拘謹，坐了一會就離開了。

豐隆和馨悅截然不同。豐隆一出生，就被赤水族長帶到了赤水，在爺爺的呵護中，無憂無慮地長大。雖然長大後，他明白了黃帝令他們一家四口分居三地，但明白時，一切已經結束。他也許憤怒過，可他對黃帝沒有積怨，更沒有畏懼，甚至，他對黃帝有一種隱隱的崇拜，這不涉及感情，只是男人天性中對強大的渴望，就如一頭猛獸對另一頭猛獸力量的自然敬服。

其他臣子因為避嫌，都和黃帝保持距離，因為一國無二君，他們生怕和黃帝走近了，引起顓頊的猜忌。豐隆這人精明的時候比誰都精明，可有時候，他又有幾分沒心沒肺的豪爽。豐隆從不迴避黃帝，反而藉著小夭，時常和黃帝接近。他喜歡和黃帝聊天，從一族的治理到書上看來的一場戰爭，都和黃帝討論，黃帝的話語中有智慧，豐隆願意從一個睿智的老者身上汲取智慧。這樣的機會，許多人終其一生都不可能有一次，而他因為小夭，可以有無數次。

小夭和豐隆回到小月頂，豐隆立即跑去找黃帝。

他興沖沖地用水靈凝聚了一幅地圖，排出軍隊，興奮地和黃帝說著他的進攻方案。黃帝微笑著聆聽，待他講完，隨手調換了幾隊士兵，豐隆傻眼了，時而皺眉沉思，時而興奮地握拳頭。

小夭搖頭嘆氣。她十分懷疑，豐隆每次來看她，不是想念她這個未婚妻，而是想念黃帝了。

小夭不理那一老一少，去傀儡前，練習扎針。

顓頊來時，豐隆還在和黃帝討論用兵，他笑瞧了一會，走到小夭身旁，看小夭扎針。

大概因為練習了多年的箭術，小夭把射箭的技巧融入針法中，她用針的方法和醫師常用的針法很不同。

雖然只是個傀儡，小夭卻當了真人，絲毫不敢輕忽，一套針法練習完，滿頭大汗。

顓頊拿了帕子給她擦汗，有些心疼地說：「宮裡多得是醫師，妳何必這麼辛苦在這些細微末節上下功夫呢？」

小夭笑了笑道：「白日專心做些事情，晚上倒能睡得好些。」

「妳的失眠比以前好了？」

「自從開始專心學習醫術，比以前好了很多。」雖然還是難以入睡，可從夢中驚醒的次數卻少很多。因為睡得好了，心痛的毛病也大大減輕。

顓頊的眼神很是複雜。小夭這病是因璟而起，雖然她現在絕口不提，可顯然，這麼多年過去，她依舊沒有忘記。

豐隆看顓頊和小夭站在傀儡前嘰嘰咕咕，嚷道：「陛下，你勤勉點行不行？沒看我在這裡和外公商討行兵布陣嗎？雖然有我在，肯定輪不到你上戰場，可你也該來學學！」

顓頊走過去，指揮著士兵，不一會就把豐隆困死了，豐隆難以置信地瞪大眼睛。

顓頊不屑地說：「很小時，我已經跟在爺爺身邊學習這些了，爺爺把他打過的仗，不管幾十人，還是幾萬人的戰役，都和我重演過。當年正是神農和軒轅打得最激烈時，我站在爺爺身旁，聆聽了軒轅和神農的每一場戰役。好多次，爺爺帶著我去看戰場，他說只有雙腳站在屍體中，雙手感受到鮮血的餘熱，才會真正珍惜自己的士兵。」

豐隆的表情十分精彩，羨慕、嫉妒、惱怒，到最後又很同情顓頊，他舉著樹枝和小夥伴們扮演打仗時，顓頊已經在踩著鮮血前進。

真實的戰爭，真實的死亡，即使成年男子承受起來都很困難，所以士兵多好酒、好賭，顓頊卻小小年紀就站在了戰場上。

豐隆拱拱手，嘆道：「帝王果然不是人人都能做的。」

珊瑚來稟奏晚飯已預備好。

四人坐下後，豐隆突然有些不自在。他給黃帝敬酒，「外公，您隨意喝一口就成。」他咕咚咕咚地喝完了。

豐隆又給顓頊敬酒，顓頊陪著他喝了一碗。

豐隆又倒了一碗酒，敬給小夭，小夭笑著喝完。

豐隆期期艾艾，看看黃帝，又看看顓頊，顓頊不耐煩地說：「你到底想說什麼？」

豐隆嘿嘿地笑，「那個……我是覺得……我和小夭的婚事該辦了。我爺爺還希望能看到重孫子，外公肯定也希望能看到重外孫。」

小夭的心跳了一下，好像走在懸崖邊的人突然一腳踩空了，她的手不自禁地在顫，忙緊緊地握著拳頭，低下了頭。

豐隆眼巴巴地看著黃帝，黃帝笑道：「我沒什麼意見，你們年輕人的事，你們自己做主。」

豐隆放心了，立即眼巴巴地看著顓頊。顓頊微笑著，拿起酒壺，給自己斟了一杯酒，不緊不慢地喝著。豐隆可憐兮兮地說：「陛下，您看您都一堆女人了，您也可憐可憐兄弟。我承諾過小夭，這輩子就小夭一個女人。我絕不是有意見，我心甘情願，只是家裡催得緊，我想把婚事辦了。」

顓頊喝盡了杯中的餘酒，微笑著說：「這是小夭的事，聽憑她的意願。」

豐隆暗吁口氣，一個、二個說得都好聽，可這兩位陛下比高辛的那位陛下難纏得多。他挪坐到小夭身旁，小聲問：「妳覺得呢？」

小夭咬著唇沒說話，豐隆和她回來時，一點徵兆都沒有，可顯然是早已計畫好。其實，豐隆並不像他表現得那麼大剌剌。

豐隆柔聲說：「妳若喜歡住在神農山，咱們求陛下賞我們一個山峰，反正修葺好的那些宮殿總是要住人的，便宜別人還不如便宜咱們。妳若喜歡軹邑，赤水氏在軹邑有個大宅子，回頭讓人按照妳的喜好翻新一下。妳若覺得這兩個地方鬧騰，喜歡清靜，可以去赤水。赤水城妳去過嗎？那裡很多河、很多湖泊，有點像高辛，妳肯定會喜歡。赤水的老宅子十分美麗，整個宅子在湖中心，夏日時，接天映日的荷花。」

豐隆看著小夭的神色，小心翼翼地說：「妳喜歡學習醫術，可以繼續學習，將來即使妳想行醫，我也絕對支持。」

小夭覺得，如果真如豐隆所說，生活已經厚待了她。赤水城不大不小，美麗安寧，也許她可以在赤水城開個醫館，沒有激蕩心扉的喜悅，也不會有撕心裂肺的傷痛，平平淡淡地過日子。她想說同意，可話到了嘴邊，總是吐不出，只能點了點頭。

豐隆問：「妳同意了？」

小夭再次點了下頭，「嗯。」

豐隆樂得咧著嘴笑，挪回了自己的位置，說道：「我晚上就寫信給爺爺，讓爺爺派人去和俊帝陛下商議婚期。」

正事說完，四人開始用飯。小夭一直沉默，顓頊只是微笑，話十分少。黃帝陪著豐隆聊了幾句，別的時間都是豐隆自得其樂、自說自笑。

吃完飯，豐隆不像往常一樣還纏著黃帝說話，而是立即告辭，興沖沖地駕馭著坐騎飛走了。

小夭走進屋子，給父王寫信，請父王幫她擇定吉日完婚。

寫完信，小夭召來赤鳥，把信簡繫在赤鳥腿上，剛放飛赤鳥，顓頊一手把赤鳥抓住，一手握住了她的手。

小夭疑問地看著顓頊，顓頊問：「妳真想清楚了？」

小夭道：「已經訂婚，遲早都要嫁，既然豐隆想近期完婚，那就近期完婚吧！」

顳頊說：「妳真的不再考慮一下別人？」

小夭笑起來，「說老實話，你手下雖然人才濟濟，豐隆也是數一數二的，難得的是他性子豪爽，對男女情事看得很淡，肯遷就我。當年我和他訂婚時，你也曾經說過不可能再有比他更好的人選了。」

顳頊沉默。

小夭叫道：「哥哥！」

顳頊說：「我不想妳嫁人！」他的手冰涼，指尖微微地顫著。

小夭拍了拍他的手，「我明白。」

「妳不明白！」顳頊垂眸看著腳尖，眼中滿是哀傷和絕望。

小夭說：「我真的明白！當年，你和馨悅完婚時，我心裡很不痛快，覺得你好像被馨悅搶走了，從此後，我只是個外人。」

顳頊猛地抬眸，目光迫切地盯著小夭，「我成婚時，妳難過了？」

小夭自嘲地笑，點了點頭，「當時真的很難受，覺得就像本來只屬於自己的東西被人給搶走了。後來才知道自己小心眼了，你和馨悅已經成婚三年多，你依舊是我哥哥，並沒有被馨悅搶走。將來，即使我嫁給了豐隆，你依舊是我最親近、最信賴的人。」

可他要的並不僅是這些，他還想要……顳頊笑著，心內一片慘澹，小夭什麼都不在乎，只要求唯一，他如今還有什麼資格？

他不是沒有機會，他比所有男人都更有機會，當他們還在辛苦接近小夭時，他已經在小夭心裡，只要他肯伸手，任何人都不可能有機會，可他為了藉助那些男人，一次又一次把小夭推給了別的男人。

軒轅城步步危急時，他得到了璟的幫助，來到中原；神農山重重殺機時，他得到豐隆和璟的聯手支持，讓整個中原都站在了他身後。等到他不再需要藉助他們時，小夭卻把心給了璟，把身許給了豐隆。

軒轅城時，明知道璟深夜仍在小夭屋中，他卻只能裝作什麼都不知道，凝視著大荒的地圖，枯坐到天明；紫金頂時，明知道小夭去草凹嶺私會璟，通宵未歸，他依舊只能裝作什麼都不知道，憋著一口氣處理案牘文書，通宵不睡；最危急時，明知道小夭答應嫁給豐隆是為了他，他卻什麼都做不了……彼時的他，自保都困難，口口聲聲說著喜歡他的女人，連他的面都避而不見，可小夭為了他，答應了嫁別的男人。

顓頊把小夭的手越抓越緊，赤鳥不安地鳴叫，掙扎著想逃生……黃帝突然出現，大聲叫道：「顓頊！」

顓頊和小夭都看向黃帝，黃帝異常溫和地說：「顓頊，讓赤鳥離開。」

顓頊緩緩鬆開了手，赤鳥振翅高飛，朝高辛的方向飛去。

小夭揉了揉手腕，說道：「這事是比較突然，豐隆做事真是太冒失了。」

顓頊轉身就走，聲音陰沉，「他冒失？他比誰都算得精明！」

小夭看顓頊消失在雲霄間，困惑地問黃帝：「顓頊和豐隆有矛盾嗎？」

黃帝淡笑，「君王和臣子之間永遠相互藉助、相互忌憚。」

小夭欲言又止，黃帝道：「沒什麼可擔心的。豐隆是聰明人，他會為自己謀求最大利益，但不會越過為人臣子的底限。這世間，但凡能者肯定都有些脾性，顓頊既然用他，就要容他！為君者，必須有這個器量！」

小夭嘆道：「等成婚後，我還是去赤水吧！這裡的確是太鬧騰了！」

黃帝微笑著，輕嘆了口氣。豐隆的確是最適合小夭的男人，他雖然給不了小夭深情，但能給小夭平靜安穩的生活。

黃帝本來已經離開，卻又轉身走了回來，看到小夭歪靠在窗前，望著夜色盡處，怔怔發呆。

黃帝輕輕咳嗽了一聲，小夭如夢初醒，「外公，您還沒去睡？」

黃帝說：「我曾讓顓頊設法招降九命相柳。」

小夭不自禁地站直了身子，盯著黃帝。

黃帝說：「這些年，用盡計策和辦法，他都拒絕了。」

小夭看向黑夜的盡頭，表情無喜也無憂。

「顓頊把神農山最北邊的兩忘峰列為了禁地，守峰人都是顓頊的心腹，妳應該知道他為什麼這麼做。雖然相柳救了妳一命，但妳不欠他一絲一毫。」

小夭笑了笑，「我知道。」

黃帝說：「妳早些歇息。」

顓頊去了軒轅舊都軒轅城，處理一些西邊的事情，一連十幾天都沒有來小月頂。從不來小月頂的馨悅卻來了小月頂。

上一次，馨悅和小夭見面，還是小夭剛到小月頂不久。那一次，馨悅離開時，沒有禮數周到地邀請小夭去紫金頂看她。

馨悅已是王后，她十分享受王后之位帶給她的萬丈榮光，她喜歡每個人在她面前低頭，連曾當眾給她軟釘子碰的意映都再次向她低下了頭。可是，小夭是個例外。

小夭對她客氣禮貌，卻沒有在她面前低頭。馨悅不知道該拿小夭怎麼辦，以利益誘之，小夭簡直無欲無求；以權勢壓之，她的權勢是顓頊給的。紫金宮裡有太多女人盼著顓頊厭棄她，馨悅很清楚她不能挑戰顓頊的這個底線，哥哥已經一再警告過她，千萬不要仗著身後有神農族就輕慢顓頊。所以，馨悅只能暫時選擇迴避，不讓小夭出現在紫金頂。

每次馨悅想起小夭，感覺會很複雜。從小到大，她沒有碰到過像小夭一般的女子，小夭不輕慢低賤者，也不迎合尊貴者，她無所求也無所圖。

馨悅喜歡小夭，因為小夭和她們不一樣，身上有一份坦蕩磊落。馨悅也討厭小夭，因為小夭和她們不一樣，她們所看重的東西到了小夭那裡就輕如微塵。

馨悅心裡還有一重隱密的畏懼。她和顓頊大婚時，顓頊一直面帶微笑，可女人的直覺讓她覺得顓頊其實心情很糟糕，她甚至覺得顓頊的黑衣其實是在向全天下表達他的不悅。

新婚第一夜，顓頊沒有要她，她忍著羞澀，裝作無意翻身，暗示性地靠近顓頊，顓頊卻無意地翻身，又遠離了她，用背對著她。馨悅不明白為什麼，惶恐了一夜，一遍遍告訴自己，顓頊太累了。天亮後，她強打起精神，裝出滿面喜色，去接受眾人恭賀。

第二夜，顓頊依舊沒有要她，馨悅胡思亂想了一夜。天亮後，妝粉已掩蓋不住她眼眶下的青影，幸虧白日的顓頊像往常一樣待她溫柔，眾人都想到了別處，離戎昶開玩笑地讓顓頊節制，別累著了王后。

第三夜，馨悅被恐懼壓得再顧不上羞澀，當顓頊又背對著她睡時，她褪去褻衣，從背後抱住了顓頊。她不如金萱清麗、不如瀟瀟嫵媚，不如淑惠嫻靜、不如方雷妃明豔……可她一直非常自信，因為她能給予顓頊的，是她們都無法給予的，但此刻，她害怕了。

顓頊沒有回身，冷漠如石塊，馨悅含著眼淚，主動去親吻顓頊。

終於，顓頊回過身，把她壓在了身下。黑暗中，她看不清他，只能透過身體去感受，這一刻的顓頊和剛才判若兩人，他的動作有著渴望的激情，愛憐的溫柔，馨悅覺得自己被他寵溺珍惜，當顓頊進入她身體的剎那，馨悅的眼淚簌簌而落。朦朦朧朧中，她聽到顓頊好似喃喃叫了一聲「小夭」，她如受驚的貓一般豎起了耳朵，可顓頊再沒有發出任何聲音，只有粗重的喘息聲，她很快就被情欲席捲得忘記了一切。清晨起身時，已分不清昨夜聽到的聲音是真是幻。

那三夜的事成了馨悅的秘密。

漸漸地，馨悅忘記了那三夜的事，也許是因為她想忘記，也許是因為顓頊對她雖不熱情，可也絕不冷淡，準確地說比對其他妃嬪略好，馨悅很滿意。

但是，就在她要忘記一切時，小夭回來了，馨悅甚至完全不知道小夭是怎麼回來的，當她知道時，小夭已經在小月頂了。

那一夜顓頊似真似幻的呢喃聲，讓馨悅生了隱密的恐懼。這種隱密的恐懼，不能告訴任何人，只能自己悄悄觀察。兩年多來，顓頊風雨無阻地去小月頂，當然，在小夭沒來之前，他也是日日都去小月頂給黃帝請安，在其他人看來，沒有任何異樣。但馨悅覺得就是不一樣，是壓根無法用言語說清楚的不一樣，是顓頊去時唇畔的一縷笑意，是他回來時眼神的一絲溫柔，甚至是他偶爾眺望小月頂時一瞬的怔忡。

馨悅越觀察越害怕，可她的害怕連她自己都覺得毫無根據。以顓頊的性格，如果是真的，他為什麼不要了小夭？他已是一國之君，根本不必如此克制壓抑自己！馨悅只能告訴自己，她想多了，一切都是那晚聽錯的呢喃聲惹出來的。

可馨悅終究是不放心，前去見豐隆，詢問哥哥打算什麼時候娶小夭，幸好哥哥的回答讓她很滿意，哥哥說他正在考慮這事。

豐隆嘆了口氣，說道：「要娶就得現在娶，否則等開戰了，還不知道小夭願不願意嫁給我。」

馨悅警覺地問：「什麼意思？」

豐隆說：「妳必須保密。」

馨悅點頭，「哥哥該知道我向來能藏事。」

豐隆說：「看最近顓頊的舉動，我覺得顓頊在考慮對高辛用兵。」

馨悅驚駭地瞪大了眼睛，豐隆笑了笑道：「所以我一再告訴妳不要輕慢顓頊。顓頊、他——是個很可怕的男人！」

震驚過後，馨悅十分喜悅，她有一種在俯瞰小夭命運的感覺。

當豐隆告訴馨悅，小夭同意近期舉行婚禮，馨悅立即問：「陛下怎麼說？」

豐隆道：「兩位陛下都同意。」

馨悅終於放心了，她覺得真的是自己多心，那一夜，那聲呢喃只是顓頊無意識的喘息，肯定是她聽錯了！

馨悅再次去小月頂看望小夭，以一種窺視到小夭命運、高高在上的心態，洋溢著喜悅，夾雜著淡淡的悲憫。

小夭並不知道馨悅前後兩次的心態變化，她只是覺得，大概因為她和豐隆就要成婚了，馨悅突然對她和善許多。

小夭對馨悅依舊如往常一樣，有禮卻不謙卑。

馨悅和小夭東拉西扯，遲遲不願離去。

直到黃帝拄著鋤頭，站在竹屋前。

黃帝戴著斗笠，挽著褲腿，腿上都是泥。他微笑地看著馨悅，沒有一絲嚴厲，馨悅卻覺得自己的一切心思都暴露在黃帝的目光下，猶如芒刺在背，她再坐不住，向黃帝叩拜告退。

俊帝給小夭回信，他已和豐隆的爺爺商量好了婚期，在兩個月後。

自從小夭訂婚後，俊帝就命人準備嫁妝，一切都已準備好，小夭唯一需要做的就是穿上嫁衣出嫁。但俊帝要求，在昭告天下婚期前，小夭必須回五神山，在五神山待嫁。

小夭明白父王的意思，並不是因為出嫁的禮儀，父王對那些不看重。此時的父王不再是運籌帷幄的帝王，他只是一個普通的父親，為女兒緊張擔憂，他想最後再確定一次女兒的心意，確定豐隆是女兒想託付一生的男人。

小夭給俊帝回信，她還要處理一點私事，等事情處理完，她就回高辛。

小夭透過禺疆給赤水獻帶了口信，拜託獻幫她把幾年前埋藏的東西挖出來。

顓頊登基後，小夭第一次利用自己的身分大肆搜尋奇珍異寶。

她從西北的雪山頂上，找到了一塊雪山冰魄。這種冰魄生在雪山之顛，本身沒有毒，但如果在凝結時，恰好有毒物融入，就會不停地吸納雪中的寒毒，經過千萬年孕化，結成的冰魄是毒中花魁。小夭尋到的冰魄應是在形成時恰好裹住了一條受傷的冰蠶妖，冰蠶的毒融入冰魄，再加上千萬年雪山下的寒毒，形成了一塊十分罕見的劇毒冰魄，看上去如白玉一般溫潤細膩，實際卻冰寒沁骨、毒氣鑽心。

小夭費了無數心血，把雪山冰魄雕刻成一枚海貝——潔白如雪的兩片貝殼，有著浪花一般起伏捲曲的邊角，呈現半打開的形狀，像一朵剛剛盛開的花。

小夭又用各種稀罕的靈草毒藥混雜，做出了兩個鮫人。她把女鮫人嵌放在貝殼上，把男鮫人放在了遠離貝殼的一角。小夭還做了紅珊瑚、五彩小海魚。

待全部做好後，小夭取出從極北之地尋來的上好冰晶，請了專門的師傅剖開掏空，先把紅珊瑚固定在冰晶底端，再將鴆毒、藍蟾蜍的妖毒和玉山玉髓混合調製好，注入掏空的冰晶中，藍汪汪的液體，猶如一潭海水。小夭將做好的海貝鮫人小心地安入藍色的海洋中，放入五彩小海魚，再把剖開的冰晶合攏，用靈力暫時封住。

要想讓剖開的冰晶徹底長嚴實，必須派人把冰晶送回千里冰封、萬里雪飄的極北之地，封入冰山中，再請冰靈高手設置一個陣法。這樣過上兩三年，原本被剖開的地方就會長攏融合在一起，再沒有縫隙。

當年，小夭生怕心血毀在最後一步，想來想去，現在大荒內最厲害的冰靈高手好像是赤水氏的獻，她問顓頊能否請到獻幫她一個忙，顓頊笑道：「妳算找對人了，我讓禺疆幫妳去請赤水獻，那個冰山女人對禺疆卻是有幾分溫情。」

獻來見小夭時，小夭本以為獻會很鄙夷自己，居然請她這個大荒內最有名的高手做這種事情，沒想到獻看到她做的東西後，竟然說道：「真美麗！應該很花費了一番心血吧？」

小夭點頭。

獻說：「我會幫妳封入極北之地最寒冷的冰山中，妳需要拿出時，讓人給我捎口信。」

四年過去，現在，小夭需要拿出它了。

獻把冰晶送來時，冰晶盛放在一個盒子中，被冰雪覆蓋，看上去只是一塊形狀不規整，剛剛挖掘出的冰晶。

小夭請了師傅打磨，用了三日三夜，冰晶被打磨成一個球形。

透明的冰晶，裡面包裹著一汪碧藍的海。在幽幽海水中，有五彩的小魚，有紅色的珊瑚，還有一枚潔白的大貝殼，如最皎潔的花朵一般綻放著。一個美麗的女鮫人側身坐在貝殼上，海藻般的青絲披垂，美麗的魚尾一半搭在潔白的貝殼上，一半浮在海水中，她一隻手撫著心口，一隻手伸展向前方，像是要抓住什麼，又像是在召喚什麼。在她手伸出的方向，一個男鮫人浮在海浪中，看似距離貝殼不遠，可他冷淡漠然地眺望著冰晶外，讓人覺得他其實在另一個世界，並不在那幽靜安寧的海洋中。

冰晶包裹的海底世界，太過美麗，猶如一個藍色的夢。

當冰晶放在案上時，因為極寒，冷冽的霧氣在它周圍縈繞，更添了幾分不真實的飄渺，就好似隨時隨地都會隨風散去。可其實冰晶堅硬，刀劍難傷。

黃帝看到小夭做的東西，都愣了一愣，走進屋子細細看了一會，他也沒問什麼，只是嘆道：「也就妳捨得這麼糟蹋東西！」

小夭凝視著冰晶球，說道：「最後一次。」

小夭把冰晶球用北地的妖熊皮包好，和一枚玉簡一起放在玉盒裡封好，送去塗山氏的車馬行，付了往常五倍的價錢，讓他們用最快的速度送到清水鎮。

玉簡內只有一句話：兩個月後，我成婚，最後一次為你做毒藥，請笑納。

小夭從車馬行出來，走在軹邑的街道上，感受到軹邑越來越繁華。

這個新的國都比起舊都軒轅城更開闊、更包容、更有活力。可不知為何，小夭懷念她和顓頊剛到中原時的軹邑城。

食鋪子裡有香氣飄出，小夭去買了一些鴨脖子和雞爪子，讓老闆娘用荷葉包好。又去一旁的酒鋪子買了一小罈青梅酒。

那時候，她還喜歡吃零食，當年以為是因為零食味道好，惹得人忍不住貪嘴想吃，現在才明白，吃零食吃的不是味道，而是一種心情。那時候，她覺得自己蒼老，其實仍是個少女，仍舊在輕快恣意地享受生活。

小夭走出了軒轅城，苗莆站在雲輦旁等她，看她提著兩包小吃，不禁笑道：「王姬好久沒買這些東西了。」

小夭上了雲輦，卻突然說道：「暫時不回去。」

苗莆笑問：「王姬還想去哪裡呢？」

小夭沉默了一會，說道：「陪我去一趟青丘。」

苗莆愣住，遲疑地問：「王姬去青丘做什麼呢？」

小夭看著苗莆，苗莆說：「是！這就出發！」

一個時辰後，雲輦落在青丘城外。

小夭下了雲輦，眺望著青丘山，有一瞬間的恍惚。青山不改，綠水長流，人事卻已全非。她慢慢地走在青丘城的街道上。

青丘城距離軹邑很近，卻和軹邑截然不同，因為塗山氏，青丘城的人生活富裕，街上行人的腳步都慢了很多，有一種慢吞吞的悠閒。

小夭來得突然，其實她也不知道自己究竟想做什麼，只能漫無目的地走著，苗莆則亦步亦趨地跟在她身旁。

小夭一直恍恍惚惚地走著，苗莆突然叫道：「王姬！」她拽了拽小夭的袖子。

小夭停住腳步，茫然困惑地看苗莆，苗莆小聲說：「那邊！」

小夭順著苗莆的視線看過去，看到了不遠處的璟。兩人都沒有想到會在青丘城的街上相遇，長街上人來人往，他們卻如被施了定身咒般，呆呆地站著。

終於，璟回過神來，飛掠到小夭面前，「小夭——」千言萬語，卻什麼都說不出。

小夭笑得十分絢爛，「我隨便來轉轉，沒想到竟然碰上了你。」

小夭把拎著的荷葉包和青梅酒遞給他，璟下意識地接過，她笑盈盈地說：「兩個月後，我和豐隆成婚，到時請你和尊夫人一定來。」

璟手中的東西跌落在地，酒罈摔碎，青梅酒灑了一地，霎時，飄起濃郁的酒香。

小夭視而不見，笑對璟欠了欠身子，轉身快步離去。

「小夭……」璟伸出手，卻無力挽留，只能看著她的衣袖從他掌上拂過，飄然遠去。

半晌後，璟蹲下身，撿起地上的荷葉包，裡面是鴨脖子和雞爪子。

驀然間，前塵往事，俱上心頭——

他第一次進廚房，手忙腳亂，小六哈哈大笑，笑完卻過來幫他。

他學會做的第一道菜就是滷鴨脖，小六吃到時，眯著眼睛笑起來，悄悄對他說：「你做得比老木還好吃，嘴巴被你養刁了，以後可怎麼辦？」他微笑著沒說話，心裡卻應道：「養刁了最好，我會為妳做一輩子。」

木犀園內，他教她彈琴，她沒耐心學，總喜歡邊啃著鴨脖子，邊讓他彈曲子，她振振有辭地說：「反正你會彈，我以後想聽時，你彈給我聽就好了。」

神農山上，鴨脖子就著青梅酒，私語通宵……

一切清晰得恍如昨日，可是——她就要成為別人的妻！她的一輩子再與他無關！

璟只覺胸悶難言，心痛如絞，一股腥甜湧到喉間，劇烈地咳嗽起來。

顓頊傍晚來小月頂時，小夭親自下廚，為顓頊準備了一頓豐盛的晚飯。

小夭廚藝不差，可她懶，很少下廚，難得她下廚一次，顓頊很是賞臉，吃了不少，兩人陪著黃帝說說笑笑，很是歡樂。

飯後，小夭向顓頊辭行，打算明日出發，回五神山待嫁。

顓頊只是微笑，一言不發。

黃帝溫和地說：「妳先回去吧，回頭我和顓頊會打發人把給妳準備的嫁妝送去。」

顓頊讓苗莆上酒，小夭也正想喝酒，對苗莆吩咐：「用酒碗。」

小夭和顓頊一碗碗喝起酒來。顓頊的酒量和小夭相當，以前在清水鎮喝酒時，從未分出勝負，只是當時兩人都有保留，看似大醉，實際不過七八分醉。

今夜兩人喝酒，都不知節制，只是往下灌，到後來是真的酩酊大醉。

顓頊拉著小夭的手，一遍遍說：「別離開我！」

小夭喃喃說：「是你們不要我！」

顓頊說：「我要妳，妳做我的王后，我誰都不要，我把她們都趕走……」

黃帝道：「今夜是哪個暗衛？」

瀟瀟從暗處走出，黃帝對瀟瀟說：「送顓頊回去。」

瀟瀟攙扶起顓頊，顓頊拉著小夭的手不肯鬆，「我一個女人都不要，只要妳……」

黃帝揮手，顓頊被擊昏。

黃帝盯著瀟瀟，「今夜妳守著他，他說的任何話，聽到的人立即殺了。」

「是！」瀟瀟抱起顓頊，躍上坐騎，隱入了雲霄。

清晨，小夭醒來時，依舊頭重腳輕。

珊瑚和苗莆已經收拾妥當。小夭用過早飯，給黃帝磕了三個頭後，上了雲輦。

回到五神山，果如小夭所料，俊帝一再詢問小夭是否真的考慮清楚嫁給赤水豐隆。

小夭笑嘻嘻地問：「如果不想嫁，當年何必訂婚？」

俊帝道：「當年顓頊四面危機，以妳的性子，為了幫他，做任何事都不奇怪。事實證明，如果不是因為妳和豐隆定下了親事，中原氏族絕不會聯合起來和黃帝對抗。」

小夭說：「其實，外祖父本就決定把王位傳給哥哥。」

俊帝道：「傻姑娘，那完全不一樣！如果沒有中原氏族的聯合，黃帝很有可能會再觀望顓頊的能力，推遲把王位傳給顓頊的時間，而一個推遲，很多事情即使結果相同，過程也會完全不同。而且，如果不是在四世家的推動下逼得中原氏族聯合起來支持顓頊，妳覺得中原氏族有可能會像如今那樣擁戴顓頊嗎？在他們眼中，顓頊畢竟流著軒轅氏的血，中原氏族天生對他有敵意，可因為有了他們和黃帝的對抗，他們覺得顓頊是他們自己挑選的帝王，而不是黃帝選的，無形中敵意就消失了。」

小夭不吭聲。當日她決定和豐隆訂婚，的確最重要的考慮是為了顓頊，她怕顓頊難受，所以一直表現得全是從自己的角度考慮。

可現在，她不想反悔，因為豐隆已經是最合適的人。他知道她和璟的事，也願意遷就她，而且當日他就說清楚了，他們訂婚，她給他所需，他給顓頊所需，豐隆已經做到他的承諾，她也應該兌現她的許諾。

俊帝說：「我再給妳七日考慮。」

七日間，小夭竟然像是真的在考慮，她日日坐在龍骨獄外的礁石上，望著蔚藍的大海。

阿念去尋她，看到碧海藍天間，火紅的蛇眼石楠花鋪滿荒涼的峭壁，開得驚心動魄，小夭則一身白衣，赤腳坐在黑色的礁石上，一朵朵浪花呼嘯而來，碎裂在她腳畔。

眼前的一幕明明美得難以言喻，可阿念就是覺得天荒地老般的蒼涼寂寥。小夭的背影讓她想起了海上的傳說，等待情郎歸來的漁家女，站在海邊日等夜等，最後化成了礁石。

阿念忍不住想打破那荒涼寂寥，一邊飛縱過去，一邊大叫：「姊姊！」

小夭對阿念笑了笑，又望向海天盡處。

阿念坐到小夭身旁，「姊姊，妳在想什麼？」

「什麼都沒想。」

阿念也望向海天盡處，半晌後，幽幽嘆了口氣，「我記得，就是在龍骨獄附近，我把妳推到了海裡。當時覺得，我的日子過得太不舒心了，如今才明白，那壓根算不得不舒心。」

小夭笑，「妳長大了。」

阿念問：「姊姊，那夜妳為什麼會在龍骨獄外？」

小夭說：「來見一個朋友。」

「後來，那個九頭妖相柳還找過妳麻煩嗎？」

小夭搖搖頭。

阿念說：「我覺得那個妖怪滿有意思的。」

小夭凝望著蔚藍的大海，默默不語。

七日後，俊帝問小夭：「想好了嗎？」

小夭說：「想好了，公布婚期吧！」

俊帝再沒說什麼，昭告天下，仲秋之月、二十二日，大王姬高辛玖瑤出嫁。

赤水氏向全天下送出婚禮的請帖，赤水族長不僅僅是四世家之首的族長，還是神農族長小祝融的兒子、軒轅王后的哥哥、軒轅國君的心腹重臣。整個大荒，縱使不為著赤水豐隆，也要為了俊帝、黑帝、黃帝來道賀，更何況還有玉山的王母。

赤水氏送聘禮的船隊，從赤水出發，開往五神山，幾十艘一模一樣的船，浩浩蕩蕩，一眼都看不到頭，蔚為奇觀，惹得沿途民眾都專門往河邊跑，就為了看一眼赤水氏的聘禮。

幾年前，軒轅國君和王后的婚禮，整個軒轅在慶祝；可這次，赤水族長和高辛王姬的婚禮，竟然讓整個天下都在慶賀。

當高辛大王姬要出嫁的消息傳到清水鎮時，清水鎮的酒樓茶肆都沸騰了，連娼妓館的妓女也議論個不停。

相柳正在飲酒議事，隔壁的議論聲傳來。

有人說赤水族長是為利娶高辛王姬；有人說赤水族長是真喜歡王姬，據說都發誓一輩子只王姬一人；有人說王姬姿容絕代；有人說赤水族長風儀不俗……

各種說法都有，幾個歌舞妓齊齊感嘆：「這位王姬真是好命！」

座上一人也不禁感嘆道：「這場婚禮，恐怕是幾百年來，大荒內最大的盛事了。」

眾人也紛紛談論起赤水族長和高辛王姬的婚事。

相柳微笑著起身，向眾人告退。

相柳走出娼妓館時，漫天煙雨。

他穿過長街，沿著西河，慢步而行。

碧水畔，一支支紅蓼，花色繁紅，因為沾了雨水，分外嬌豔。

相柳站在河邊，眺望著水天一色，也不知道究竟在想什麼。

半晌後，他收回了目光，攤開手掌，掌上是一個冰晶球。

細細雨珠，簌簌落在他的掌上，在冰晶周圍凝成了寒霧，使得那一汪藍色波光瀲灩，好像月夜下的大海。

藍色的海底，幽靜安謐，女鮫人坐在美麗的貝殼家中，伸著手，似在召喚，又似在索要，那男鮫人卻冷漠地凝望著海外的世界。

相柳凝視著掌上的冰晶球，很久很久。

慢慢地，他伸出一根手指，向女鮫人伸出的手探去，貼在了冰晶上。

看上去，他們好像握在了一起，可是，隔著冰晶，他們在兩個截然不同的世界，永不可能真正相握。

第三十二章

前言總輕負

一襲雪白，帶著，一襲大紅的嫁衣，從眾人面前走過。
堂內，所有賓客一點聲音都不敢發出，一動不敢動地站著。
堂外，還有歡樂的喜樂傳來。

仲秋之月，高辛送親的隊伍從五神山出發，由水路駛向赤水。

在蓐收對行程的精確控制下，二十二日清晨，送親的船隊恰恰駛入了赤水。赤水氏迎親的船在前面護航，喜樂奏得震天響。

赤水兩岸密密麻麻擠滿了人，都是看熱鬧的百姓。

赤水的風俗是典型的中原風俗，尚紅。小夭在侍女們的服侍下脫去了白色的王姬服，穿上紅色的嫁衣。

船隊從赤水進入赤湖後，速度漸漸慢下來。

仲秋之月，恰是木犀花開的季節，赤湖邊有一大片木犀林，香飄十里，落花簌簌。小夭坐在船窗邊，默默地看著水面上漂浮的小黃花。

船還未到赤水氏的宅邸，已經聽到岸上的喧鬧聲。

因為來的賓客太多，赤水氏的宅邸容納不下，赤水氏索性凝水為冰，把一大片湖面變成冰場，鋪上玉磚，做了宴席場地。秋高氣爽，風和日麗，既能吃酒，又能賞湖光山色。

賓客都暗自讚嘆，不愧是四世家之首，要靈力高強的子弟有靈力高強的子弟，要錢有錢。

此際，眾人看到高辛送親的船隊到了，都站了起來。

一身紅袍的豐隆，站在碼頭邊。

小夭在侍女的攙扶下，嫋嫋婷婷地走出船艙，一身華麗的曳地大紅嫁衣，滿頭珠翠，面容卻十分地乾淨，只有在唇上點了絳紅的胭脂，再加上額間的一點緋紅，真正是豔如桃花含春露，嬌似海棠臥秋水。

豐隆對女色從不上心，可想到今夜這個可人兒會嬌臥在自己懷裡，任他輕憐密愛，也不禁心蕩神搖。

船靠了碼頭，豐隆依舊沒有動作，呆呆地看著小夭。

眾人高聲哄笑，豐隆難得地紅了臉，急急握住喜娘捧上的一株火紅的纏枝並蒂赤蓮，對小夭行禮，「蓮開並蒂，願結同心。」

小夭握住纏枝並蒂赤蓮，也對豐隆行禮，低聲道：「蓮開並蒂，願結同心。」

鼓樂聲中，豐隆攙扶著小夭下了船，只覺掌中握著的手小巧玲瓏，卻不像其他女子一樣柔軟細膩，指節很硬，指肚有繭，帶著嶙峋冷意，讓他心生憐惜，不禁緊緊地抓住。

小夭和豐隆握著纏絲並蒂赤蓮，每踏一步，地上就有兩朵並蒂赤蓮生成，圍著赤蓮還生成了其他各色的蓮花，粉的、白的、黃的……有的絢爛綻放，有的結成蓮蓬。

赤水氏世世代代在水邊，視水中蓮為吉祥如意的花，赤蓮很罕見，並蒂赤蓮更是要用靈力精心培育。

步步並蒂，一生相守；花結蓮子，多子多孫。

小孩子看得開心，雀躍歡呼著拍手掌，有被特意叮囑過的孩童摘下蓮蓬，輕輕扔到小夭身上，取一花多子的吉兆。

豐隆怕小夭誤會，低聲給她解釋，「他們可不是不喜歡妳，赤水風俗，用蓮蓬砸新娘是祝福我們……」

小夭紅著臉，低聲道：「我知道。在船上時，有老嫗給我講解過。」據說行完禮後，夫妻晚上還要入蓮帳，也是取蓮花多子的吉兆。

豐隆看到小夭的樣子，只恨不得趕緊行禮，趕緊天黑，趕緊入蓮帳。他低聲道：「小夭，待會行完禮，妳可就一輩子都屬於我了。」

小夭低下了頭。豐隆咧著嘴笑。

小夭和豐隆將在古老的赤水氏祖宅內行婚禮，能在祖宅內觀禮的人都是赤水氏的親朋摯友。

祖宅外有人在唱名記錄禮單，一個個名滿大荒的名字，一份份貴重稀罕的賀禮，凸顯著這場婚禮的尊貴顯赫。

「青丘塗山氏：東海明珠九十九斛，北極冰晶風鈴九十九串……」

眾人都不禁看了塗山族長一眼。冰晶很稀罕，用處很多，可冰晶風鈴看著好看，實際卻是浪費了冰晶，華而不實，送禮時都是送冰晶，沒有人會送冰晶風鈴。

小夭走進祖宅，看到璟坐在西陵族長身邊，一身青衣，瘦削清逸，臉上是含蓄得體的笑容，眉目間卻有一種倦怠的病色。

小夭心內咯登一下。他生病了嗎？看上去病得不輕，那又何必親自來參加婚禮？是他自己想來，還是因為怕豐隆認為他心有芥蒂而不得不來？可有人知道他生病……一時間，小夭思緒紛雜。

豐隆悄聲叫她，「小夭！」

小夭愣了一愣，才反應過來，現在是她和豐隆的婚禮。難言的苦澀瀰漫上心頭，從今往後，璟的事和她有什麼相關？

豐隆低聲說：「兩個月前，璟抱病來見我，竟然求我取消婚禮，我氣得拂袖而去。希望我們成婚後，他能真正放下。」

小夭默不作聲，豐隆低聲問：「小夭，妳開心嗎？」

小夭笑問：「你覺得呢？」

豐隆看到小夭的笑臉，放心了幾分，說道：「璟說，他求我取消婚禮，並不是因為他心中有妳，而是他覺得妳不開心，並不願意嫁給我。我當時心情還挺複雜，去和妹妹商量，妹妹說，又不是幾位陛下逼妳嫁給我，是妳親口答應的婚事，怎麼可能不願意？」

一位鬚髯皆白的長老笑著傳音：「小倆口別說悄悄話，吉時就要到了！」

豐隆和小夭忙屏息靜氣站好，不再說話。

當悠揚悅耳的鐘磬聲響起時，禮官高聲唱道：「吉時到！一拜天地——」

小夭和豐隆叩拜天地。

「二拜尊長——」

豐隆的爺爺赤水海天、爹爹小祝融、娘親赤水夫人，都微笑地看著他們。

豐隆帶著小夭走到他們面前，小夭正要隨著豐隆跪下去，一個清越的叫聲從外面傳來，打斷了婚禮。

「小夭！」

眾人都回頭，只看防風邶一襲白衣，從外面走了進來，朗聲說道：「小夭，不要嫁給他。」

小夭呆呆地看著防風邶。

所有人都傻了，沒有人想到防風家的一個庶子竟敢驚擾赤水族長的婚禮。赤水海天震怒，喝斥道：「來人！把這個混帳無禮的東西拘押起來！回頭我倒是要去問問防風小怪，他是怎麼養的好兒子？」

幾個赤水家的侍衛衝到防風邶身邊，想把防風邶趕出去，卻被一股大力推住，根本難以靠近。

防風邶旁若無人，向著小夭走去，隨著防風邶的走動，想阻攔他的侍衛竟然劈劈啪啪全摔到了地上。

豐隆強壓著怒氣，語含威脅地說：「防風邶，今日有貴客在，我不想驚擾了貴客，望你也不要鑄成大錯！」

防風邶沒理會豐隆，只是盯著小夭，「小夭，不要嫁！」

小夭又惱又怒地問：「你究竟想做什麼？」

「不要嫁給赤水豐隆！」

「你現在告訴我不要嫁給他？」小夭簡直想仰天大笑，「你立即離開！」

小夭對豐隆說：「我們繼續行禮，我不想錯過吉時！」

赤水獻領著幾個赤水氏的高手擋在了防風邶身前，即使以相柳的修為，一時間也不可能突破。

豐隆對禮官點了下頭，示意繼續婚禮，禮官叫道：「二拜尊長——」

小夭和豐隆面朝三位尊長，準備叩拜。

防風邶一邊和赤水獻交手，一邊說：「小夭，還記得妳發過的毒誓嗎？如若違背，凡妳所喜，都將成痛；凡妳所樂，都將成苦。」

小夭的動作驟然僵住，她許過相柳一個諾言，要為他做一件事。

豐隆看小夭遲遲不叩拜，心提了起來，帶著慌亂叫道：「小夭！」

小夭緩緩回身，盯著防風邶，「你想要怎麼樣？」

防風邶說：「我要妳現在跟我離開！」

小夭全身發冷。全大荒的氏族都匯聚在此，如果在這樣的時刻、這樣的場合悔婚，而且是跟著一個男人走掉，那不是在羞辱赤水氏和豐隆嗎？赤水氏會怎麼看她？全天下會怎麼看她？

小夭問：「為什麼？」相柳，你兩個月前就知道我要成婚，為什麼你要如此做？你是想讓全天下都唾棄我嗎？就算你要毀掉我，為什麼要用這種最羞辱人的方式？

邶冷冷地說：「妳不需要問為什麼，只需按我的要求去做，我要妳跟我走，立即、馬上！」

當年的誓言猶在耳畔「若違此誓，凡我所喜，都將成痛；凡我所樂，都將成苦」。可現如今的情形，守了諾言，難道就會沒有痛、沒有苦了？小夭慘笑，這個誓言做與不做，她這一生都將永無寧日。

豐隆緊緊地盯著小夭，都沒有發覺自己的語聲在顫抖，「小夭，該叩拜了！」

邶也緊緊地盯著小夭，冷冷地逼迫，「小夭，這是妳欠我的。」

她的確欠他！不僅僅是一個誓言，還有她的命。

小夭臉色慘白，搖搖晃晃地走向邶，豐隆拉住了小夭的手，目中全是驚惶，「小夭，小夭，不要……」任何時候，他都是掌控一切的人，可現在，他完全不明白究竟發生了什麼，為什麼前一刻他的人生洋溢的都是喜悅，不過短短一瞬，那些喜悅就不翼而飛？

小夭的聲音顫抖著：「對不起，我、我……我今日不能嫁給你了！對、對不起！」

小夭的聲音雖然不大，可滿堂賓客都是靈力修為不弱的人，聽得一清二楚。猶如平地驚雷，即使這些人都已看慣風雲，也禁不住滿面驚駭。

從小到大，豐隆一直是天之驕子，活得驕傲隨性，天下間只有他不想要的東西，沒有他得不到的東西，但在滿堂賓客的目光下，豐隆覺得他的世界坍塌了。

豐隆慢慢地鬆開手，站得筆挺，臉上掛著驕傲的笑，一字字緩緩說道：「我不知道妳答應了防風邶什麼，但今日成婚是妳答應我的！」

小夭的嘴唇哆嗦著，豐隆和她之間，理遠遠大於情，即使拒絕和豐隆成婚，只要挑選合適的時機，心平氣和地和豐隆講道理，豐隆也不會介意。可今日這種情形下的悔婚，不是拒絕，而是羞辱，沒有男人會接受這樣的羞辱，更何況是天之驕子的豐隆？

小夭面色煞白，哀求地看著防風邶，防風邶冷冷地說：「立即跟我走！」

小夭對豐隆說：「我、我……是我對不起你！」小夭不僅聲音在顫，身體也在顫，「對不起！我不敢求你原諒，日後不管你想怎麼做，我都願意承受！」小夭說完，再也不敢看豐隆，向著防風邶走去。

小夭靈力低微，豐隆完全能拉住小夭，強迫小夭和他成婚；這裡是四世家之首赤水氏的宅邸，他是赤水族長，不管防風邶靈力多麼高強，他都能讓防風邶止步。可是，他的自尊、他的自傲，不允許他在滿堂賓客前哀求挽留。

兩個侍衛攔住了小夭，小夭被他們的靈力逼得一步步退向豐隆的身邊。

豐隆驀然大喝道：「讓她離開！」

侍衛們遲疑地看向赤水海天和小祝融。

豐隆大喝：「我說了，讓她走！誰都不許攔她！」他臉色青白，太陽穴突突直跳，眼中竟有一層隱隱淚光，讓他的雙眸看起來明亮得滲人，可他依舊在驕傲地笑。

所有侍衛讓開了。

小夭低下頭，默默對豐隆行了一禮。禮剛行完，邶抓住她的手就向外走去。

一襲雪白，帶著，一襲大紅的嫁衣，從眾人面前走過。

堂內，一片死寂，所有賓客一點聲音都不敢發出，一動不敢動地站著。

堂外，還有歡樂的喜樂傳來。

璟凝視著小夭和邶的背影，臉上泛起異樣的潮紅。

邶帶著小夭躍上天馬，騰空而起，消失不見。璟猛地低頭咳嗽起來，這才好似驚醒了堂內的人，小祝融站起身來，平靜地說道：「酒菜都早已準備好，諸位遠道而來，還請入席用過酒菜後，再離去。」

眾人忙裝作什麼事都沒發生的樣子，紛紛點頭說好，在「請、請」的聲音中，走出了禮堂。

小祝融看了一眼仍站得筆挺的兒子，對蒼老疲憊盡顯的赤水海天說：「爹，您和豐隆都去休息吧！不要擔心，剩下的事交給我和小葉。」

赤水夫人輕嘆了口氣，和小祝融並肩站在一起。又一次，需要她和表兄並肩去扛起責任，共度難關。

天馬飛出赤水城，相柳確定無人跟蹤，更換了坐騎，攬著小夭飛躍到白羽金冠鵰的背上。

小夭不言不動，如同變作了一個木偶，任憑相柳擺布。

白鵰一直向著大荒的東邊飛去，半夜裡，居然飛到了清水鎮。

相柳帶著小夭走進一個普通的民居，對小夭說：「我們在這裡住幾日。」

小夭一言不發地縮坐到榻角。

相柳問：「妳很恨我阻止妳嫁給赤水族長嗎？」

小夭蜷著身子，抱著腿，頭埋在膝蓋上，不說話。不管恨不恨，這是她欠他的，他來索取，她就要還。

相柳看小夭不理他，說道：「廚房裡有熱水，洗澡嗎？」

小夭不吭聲。

「妳隨便，我去歇息了。」相柳轉身離去。

他的一隻腳已經跨出門檻，小夭突然問：「你什麼時候知道我要成婚？」也許因為頭埋在膝蓋上，她的聲音聽起來悶悶的，像是從極遠處傳來。

相柳沒有回身，聲音清冷，「兩個月前。」

小夭的聲音有些哽咽，「你……為什麼要這麼做？」

相柳的聲音更加冷了，「妳有資格問我為什麼嗎？交易的條件早已談妥，我提要求，妳只能照做！」

小夭再不吭聲，相柳頭未回地離去，門在他身後緩緩合攏，發出輕輕的一聲響。小夭想起，她在海底昏睡時，每次兩扇貝殼合攏，也會發出類似的聲音。

小夭的淚悄無聲息滑落。

一夜未合眼，天濛濛亮時，小夭覺得頭疼得厲害，輕輕走出屋子，去廚房裡打熱水，打算洗個熱水澡。

脫衣服時，看到大紅的嫁衣，小夭苦笑。不知道父王、哥哥、外公知道她逃婚後，會如何反應？小夭看榻頭有一個衣箱，去裡面翻了翻，竟然有幾套女子的衣衫，便挑了一套素淨的。

小夭洗完澡，穿戴整齊，竟然覺得有些餓。仔細一想，成婚的前一天她就沒怎麼吃東西，也就將近三天沒吃過飯。

小夭走出屋子，看到相柳站在院內。

他的頭髮恢復了白色，隨意披垂著，如流雲瀉地。他身後是一株槭樹，霜葉火紅欲燃，更加襯得他皎若雪、潔若雲，都無纖翳。

小夭預感到什麼，卻不死心地問：「防風邶呢？」

相柳淡淡說：「他死了。」

小夭定定地看著相柳，眼睛被那如雲如雪的白色刺得酸痛，眼中浮起一層淚花。防風邶帶走她，但防風邶死了，永不會再出現，從今往後只有相柳。那個浪蕩不羈、隨心所欲、教她射箭、帶她在浮世中尋一點瑣碎快樂的男子死了。

他曾說，他和她只是無常人生中的短暫相伴，尋歡作樂，他沒有騙她！

相柳靜靜地看著小夭，表情是萬年雪山，冰冷無情。

小夭猛然扭身，去井旁提了冷水，把冰冷的井水潑在臉上，抬頭時，滿臉水珠，連她自己都不知道那些將要墜下的淚是被逼了回去，還是已經墜落。

小夭去廚房裡隨便找了塊餅子，躺在竹席上，一邊啃餅子，一邊晒太陽。

相柳問：「妳夜裡睡不好的毛病還沒好？」

小夭當沒聽見。經過昨天的事情，夜裡睡不踏實算什麼？換個貞烈點的女子，現在恐怕都該自盡了。

相柳問：「妳不想出去逛逛嗎？」

有什麼好逛的？七十多年了，縱然街道依舊是那條街道，人卻已經全非，既然人已經全非，又何必再去追尋？不去見，還能在心中保留一份美好的記憶，若探究清楚了，顯露的也許是生活的千瘡百孔。

相柳不說話，靜靜地翻看著手中的羊皮書卷。

小夭啃著啃著，迷迷糊糊睡著了，依稀彷彿，她躺在回春堂的後院裡，十七在一旁安靜地幹活，發出窸窸窣窣的聲音。她對十七嘮叨，秋日的午後是一天的精華，讓十七躺到竹席上來，一塊晒太陽。

一連串孩童的尖叫笑鬧聲驚醒了她，小夭翻了個身，下意識地去看十七，看到的卻是一襲纖塵不染的白。小夭把手覆在眼睛上，不知道自己究竟是想遮住什麼。

相柳和小夭在清水鎮的小院裡一住就是一個多月。

清晨到晌午之間，小夭還在睡覺時，相柳會出去一趟，小夭卻從不出去。她睡著時，翻來覆去，像仍醒著；醒著時，恍恍惚惚，像是在做夢。說她恨相柳，她並不反抗，也沒有企圖逃跑；說她不恨相柳，她卻從不和相柳說話，視相柳不存在。

已經是初冬，天氣冷了下來，相柳依舊一襲簡單的白衣，常在院子裡處理函件文書。小夭靈力低微，在院子裡再坐不住，常常裹著被子，坐在窗口。

相柳常常會長久地凝視著小夭。小夭有時察覺不到，有時察覺到，卻不在意，由著他看。

幾片雪花飄落。今年冬天的第一場雪，小夭伸出手，雪花太輕薄，剛入她手，就融化了。

相柳走進屋子，幫她把窗戶關上。

小夭打開，相柳又關上。

小夭又去打開，相柳又關上。

小夭又去打開，相柳卻已經用了靈力，小夭根本打不開。

自離開赤水，小夭一直很平靜，此時，再忍不住，猛地一拳砸在窗戶上，怒瞪著相柳。

相柳淡淡說：「我是什麼樣的人，妳從一開始就知道，既然敢和惡魔做交易，就該有勇氣承擔後果。」

小夭頹然。相柳沒有說錯，她和他之間是公平交易，即使再來一次，明知道如今要承受惡果，她為了保顓頊，依舊會選擇把蠱移種到相柳身上。只不過因為相柳太長時間沒有向她索取報償，只不過因為她把防風邶當了真，兩人的關係蒙上一層溫情脈脈的面紗，小夭忘了他與她之間本就是一筆交易，不管他用任何方式對她，她都無權憤慨。

相柳坐下，一邊喝酒，一邊看著小夭，眼神複雜，不知道又在思謀什麼。

小夭終於開口說話：「我什麼時候可以離開？你的計畫是什麼？」

相柳並沒有回答小夭的問題，只把一罈酒拋到小夭手邊，「這酒是特殊煉製過的烈酒，一杯就能醉人。」

屋子裡沒攏炭爐，小夭的身子恰有些發冷，說道：「再烈的酒也不能讓我一醉解千愁！」她拿起酒罈，大喝了幾口。烈酒入喉，如燒刀子一般滾入腹間，身子立即暖了，心也漸漸地放鬆了。

小夭不停地喝酒，相柳陪著小夭也默默喝酒。

相柳突然問：「妳願意嫁給豐隆嗎？」

小夭已經喝醉，卻依舊冷笑道：「我不願意為什麼要答應他？」

相柳說：「小夭，看我的眼睛。」

小夭看著相柳，相柳的一雙眼睛猶如璀璨的黑寶石，散發著妖異的光芒，她看著看著，覺得自己墜了進去。

相柳問：「妳願意嫁給豐隆嗎？」

小夭的表情呆滯，軟綿綿地回答：「不願意。」

相柳問：「妳願意嫁給璟嗎？」

小夭的表情出現了變化，好像掙扎著要醒來。相柳的眼睛光芒更甚，聲音更加柔和地問：「妳願意嫁給葉十七嗎？」

小夭喃喃說：「願意。」

一個問題就在嘴邊，可相柳竟然猶豫不決，一瞬後，他問道：「妳最想和誰相伴一生？」

小夭張口，像是要回答，可她的表情非常抗拒，意志在拒絕回答。

幾次掙扎後，她越來越痛苦，身子發顫，猛然抱住了頭，「痛，痛……」相柳用妖術窺探小夭的內心，可小夭的意志異常堅韌，碰到她自己平時都拒絕思考的問題，她會異常抗拒，頭痛就是她反抗的爆發。

相柳怕傷到她的元神，不敢再逼她，忙撤去妖力，對小夭說：「如果頭痛，就休息吧！」

小夭疲憊地靠在枕上，痛苦地蹙著眉。

相柳給她蓋被子，小夭突然睜開了眼睛，「為什麼？」

相柳看著小夭，不知道她問的是哪個為什麼，是為什麼逼她悔婚，還是為什麼用妖術窺探她的內心。

小夭卻已放棄追問，閉上了眼睛，喃喃說：「我好難受……相柳，我難受……」

相柳的手掌貼在小夭的額頭，低聲說：「妳會忘記剛才的事，睡一覺就好了！」

小夭睡著了，唇畔卻是一縷譏諷的笑，似乎在說：睡一覺，不會好！

小夭醒來時，頭痛欲裂。她覺得昨夜的事有點古怪，可想了半晌，想不出所以然，便放棄了。

也許因為今日起得早，相柳竟然不在。

小夭洗漱完，吃過飯，穿著絲襖，在陽光下發呆，聽到院外傳來一陣陣孩童的嬉鬧聲。

她打開門，看到七八個孩童在玩家家酒的遊戲，此時正在準備婚禮，要嫁新娘了。小夭不禁靠在門上，笑看著。她忽然想起了麻子和串子，她把他們撿回去時，他們大概就這麼大，不過那個時候，他們可沒這麼吵，十分沉默畏縮，警惕小心，儘量多幹活，少吃飯，唯恐被她再扔出去。很久後，兩人才相信她和老木不會因為他們多吃一口飯，就把他們趕走。

這應該是八九十年前的事了吧！麻子和串子墳頭的青草都應該長過無數茬了，可在她的記憶中，一切依舊鮮明。

不遠處的牆根下，坐著一個頭髮花白、滿臉皺紋的老婆婆，看上去很老了，可精神依舊好，頭髮衣服都整整齊齊、乾乾淨淨，笑咪咪地看著孩子們玩鬧。

老婆婆對小夭招手，「小姑娘，到太陽下來坐著。」

小夭走了過去，坐在向陽的牆根下，十分暖和，有一種春日的舒服感。

老婆婆說：「以前沒見過妳，妳是寶柱的……」

小夭不知道寶柱是誰，也許是相柳幻化的某個人，也許是相柳下屬幻化的某個人，反正應該是這位老婆婆的鄰居，小夭隨口道：「親戚，我最近剛來。」
老婆婆說：「是不是被孩子給吵到了？妳還沒生孩子吧？」
小夭嘆了口氣，說道：「誰知道這輩子有沒有福氣有孩子。」她悔了赤水族長的婚，跟著個野男人跑掉了，這輩子只怕再沒男人敢娶她。
老婆婆道：「有沒有福氣，是妳自己說了算。」
聽這話倒不像是一般的山野村嫗，小夭不禁細看了一眼老婆婆，又看了看四周，只覺有點眼熟。如果把那一排茂密的灌木叢扒掉，讓路直通向河邊，如果老婆婆的屋子變得小一些、舊一些……小夭遲疑地問：「這是回春堂嗎？」
老婆婆說：「是啊！」
小夭愣住，呆看著老婆婆，「桑甜兒？」
老婆婆愣了一愣，眼中閃過黯然，說道：「自從我家串子過世後，很久沒聽到人叫我這個名字了。妳怎麼知道我叫桑甜兒？」
小夭說：「我……我聽鎮上的老人偶然提過一次。」
桑甜兒笑起來，「肯定又是在背後唸叨我本是個娼妓，不配過上好日子，可我偏偏和串子過了一輩子，生了四個兒子一個閨女，現在我有十個孫子、八個孫女，三個重孫子。」
「老木、麻子、春桃他們……」
「都走了，只剩下我一個了。」
小夭沉默了良久，問道：「老木……他走時可好？」

「老木雖沒親生兒子，可麻子和串子把他當親爹，為他養老送終，不比親生兒子差。我和春桃也是好兒媳婦，伺候著老木含笑離去。」

小夭微微地笑了，她逃避著不去過問，並不是不關心，而是太關心，知道了他們安安穩穩一輩子，終於釋然。小夭問桑甜兒，「串子有沒有嫌棄過妳？妳有沒有委屈過？這一輩子，妳可有過後悔？」

桑甜兒覺得小姑娘問的話很奇怪，可從第一眼看到她，就生了好感，莫名其妙，難以解釋，就是想和她親近。桑甜兒道：「又不是娼妓和恩客，只見蜜糖、不見油鹽，過日子怎麼可能沒個磕磕絆絆？我生了兩個兒子後，都差點和串子鬧得真分開，但禁不住串子求饒認錯，終是湊合著繼續過，待回過頭，卻慶幸當時沒賭那口氣。」

能把一個女人逼得生了兩個兒子後，還想分開，可見串子犯了不小的錯，但對與錯、是與非，可一時而論，也可一世而論，但顯然，過了一世，到要蓋棺定論時，桑甜兒覺得當時沒有做錯。小夭問道：「人只能看到一時，看不到一世，如何才能知道一時的決定，縱使一時難受，卻一世不後悔？」

桑甜兒道：「妳這問題別說我回答不了，只怕連那些活了幾百年的神族也回答不了。人這一輩子不就像走荒路一樣嗎？誰都沒走過，只能深一腳、淺一腳，跌跌撞撞地往前走。有人走的荒路風景美，有人走的荒路風景差一點，但不管什麼樣的風景，路途上都會有懸崖、有歧路、有野獸，說不定踏錯一步，會跌大跟頭，說不定一時沒看清，會走上岔路……正因為是荒山行路，路途坎坷、危機四伏，所以人人都想找個伴，多了一雙眼睛，多了一雙手，彼此照看著，你提醒我有陷阱，我提醒你有岔路，遇到懸崖，扶持著繞過，碰到野獸，一起打跑……兩個人跌跌撞撞、磕磕絆絆，一輩子就這麼過來了。」

小夭默默不語。

桑甜兒好似想起了過往之事，瞇著眼睛，也默默發呆。一陣孩童的笑叫聲驚醒了她，桑甜兒看向她和串子的重孫子，笑道：「我這輩子哭過笑過，值了！」

小夭從沒有想到站在生命盡頭的桑甜兒是這般從容滿足，不知道是不是因為她已經觸摸到死亡，顯得非常睿智剔透。

桑甜兒對小夭語重心長地說：「小姑娘，一定要記住，想要得到什麼，一定要相信那東西存在。妳自己都拒絕相信，怎麼可能真心付出？妳若不肯播撒種子，就不會辛勤培育，最後也不要指望大豐收。」

小孩子的家家酒遊戲已經玩到成了婚，小女孩怎麼都懷不上孩子，小男孩很焦急，「夫妻」倆一起去看醫師，「醫師」用樹葉子包了土，讓他們回家煎服，一本正經地叮囑他們房事最好每隔兩三日一次，千萬不要因為心急懷孕而過於頻繁。

小夭噗哧一下笑了出來，桑甜兒尷尬地說：「他們時常在醫館裡玩耍，把大人的對話偷聽了去。」

小夭對桑甜兒笑道：「很長一段日子，我沒有開心過了，今日，卻是真的開心。」

相柳已經回來了，站在灌木叢邊，看著小夭和桑甜兒。

小夭站了起來，摸了桑甜兒的頭一下，「甜兒，妳做得很好，我想串子肯定覺得自己娶了個好妻子，老木和我都很高興。」

桑甜兒愣住，呆呆地看著小夭。

小夭朝著相柳走去，桑甜兒聲音嘶啞，叫道：「妳、妳……是誰？」

小夭回身，對桑甜兒笑了笑，沒有回答桑甜兒的問題，她和相柳穿過樹叢，消失在樹影中。

桑甜兒眼中有淚滾落，她掙扎著站起來，對著小夭消失的方向下跪磕頭。

小夭對相柳說：「你為什麼不早告訴我，那些天天吵我好夢的孩子是串子和麻子的孫子、重孫們？」生命真是很奇妙，當年被她撿回去的兩個沉默安靜的孩子，竟然會留下一堆吵得讓她頭痛的子孫們。

相柳淡淡道：「第一天我就讓妳出去轉轉了，是妳自己沒興趣。」

小夭說：「我失蹤這麼長時間，外面該鬧翻天了吧？」

相柳沒有吭聲。

小夭道：「你做的事，卻要防風氏背黑鍋，防風意映勢必要為防風氏擋這飛來橫禍，而她是塗山族長的夫人，等於把塗山氏拖了進去。」

相柳冷笑道：「妳以為我阻妳成婚，只是為了讓顓頊和四世家結怨嗎？坦白和妳說了吧！那不過只一半原因。」

「另一半呢？」

「塗山璟雇我去阻止妳的婚事，他承諾，只要我能阻妳成婚，給我三十七年的糧草錢。」

「什麼？」小夭不敢相信自己聽到的，璟竟然雇相柳去阻婚？

「不相信的話，妳可以自己去問問塗山璟。」

小夭說：「你什麼時候能放我走？」

相柳無所謂地說：「我已得到我想要的，妳要走，隨時！」

小夭轉身就走，相柳說：「提醒妳一聲，蠱仍在，妳若敢洩露防風邶就是我，休怪我讓妳心痛而死。」

小夭霍然止步，回身看著相柳。

相柳道：「不相信嗎？」

小夭的心口猶如被利劍穿透，傳來劇痛，她痛得四肢痙攣，軟倒在地，狼狽地趴在草地上。

相柳猶如掌握著她生死的創世神祇，居高臨下，冷漠地看著她，「不想死，不該說的話，一句都不要說！」

小夭痛得面容煞白，額頭全是冷汗，卻仰起臉，笑著說：「這就是你沒空去九黎解除蠱的原因嗎？掌控我的生死，有朝一日來要脅我？好個厲害的相柳將軍！」

相柳冷冷一笑，轉身而去，一聲長嘯，踩在白鵰背上，扶搖而上，消失在雲霄間。

小夭的心痛消失，可剛才痛得太厲害，身子依舊沒有力氣。半晌後，她才恢復了一點力氣，慢慢爬起來，步履蹣跚地向著鎮子內走去。

清水鎮肯定有為顓頊收集消息的據點，可小夭不知道是哪個。為俊帝收集消息的秘密據點，小夭更不可能知道。反倒是塗山氏的商鋪很容易找，她走進西河街上塗山氏的珠寶鋪，對夥計說：「我要見俞信。」

夥計看小夭說話的口氣很是自信，一時拿不準來頭，忙去把老闆俞信叫了出來。

小夭對俞信說：「送我去青丘，我要見塗山璟。」

俞信對小夭直呼族長的名諱很是不悅，卻未發作，矜持地笑著，正要說什麼，小夭不耐煩地說：「塗山璟一定會見我！如果我說大話，你不過白跑一趟，反正我在你手裡，你可以隨意懲戒；但如果我說的是真話，你拒絕了我的要求，卻會得罪塗山璟。」

俞信常年浸淫在珠寶中，見過不少貴客，很有眼力，他思量了一瞬，做出判斷，吩咐下屬準備雲輦，他親自送小夭去青丘。

雲輦上，俞信試探地問小夭：「不知道姑娘為什麼想見族長？」

小夭眉頭緊蹙，沉默不語。為什麼？她才有很多為什麼想問璟！為什麼要阻她婚事？為什麼要雇用相柳？為什麼？為什麼？

第三十三章

此情難寄回

也許是因為小天站在街頭的茫然，他不想她一輩子都如此；
也許是因為他愛得太深，無法放手讓她嫁給別人；
也許是因為他心底深處，還有不肯死心的期冀。

兩日後，小夭到了青丘。

俞信對小夭說：「我的身分不可能直接求見族長，幸好我和族長身邊的侍女靜夜姑娘有一點交情，我們可以先去求見靜夜姑娘。」

小夭點了點頭，「麻煩你了。」

俞信去求見靜夜。當年因為俞信，靜夜才找到了失蹤多年的璟，所以一直對俞信存了一分謝意，聽下人奏報他有事找她，特意抽空出來見他。

俞信期期艾艾地把事情說明一遍，靜夜覺得俞信做事太荒唐，人家說要見族長，他竟然就真的帶了來。

俞信陪著小心解釋道：「我也知道這事做得冒失，可那位姑娘真的挺特別，我這雙眼睛見過不少人……」

靜夜心內一驚，問道：「她叫什麼？」不會是那位婚禮上拋夫私奔的王姬吧？黑帝、俊帝、黃帝都在找她，折騰得整個大荒沸沸揚揚，她卻像是消失了，不見絲毫蹤影。

「不知道，我問什麼，她全都不肯回答，只說族長肯定會見她。對了，她額間有一個緋紅的桃花胎記。」

靜夜立即道：「快、快帶我去見她。」

俞信看靜夜的反應，知道自己做對了，鬆了口氣，也是個會做事的，忙道：「我怕姑娘要見她，讓她在外面的馬車裡候著呢！」

靜夜對俞信說：「你出去，讓人把馬車悄悄開進來。記住了，悄悄！」

俞信點頭應下。

馬車悄悄駛進塗山府的外宅，靜夜看到小夭從馬車上下來，既鬆了口氣，又很是為難，如今全天下都在找她，她卻跑來青丘，真不知道她是怎麼想的。

靜夜上前行禮，恭敬地說：「請……請小姐先洗漱換衣，稍事休息，奴婢這就去稟告族長。」

小夭正覺得又累又髒，點點頭，跟著兩個婢女去沐浴。

小夭從清水鎮出發時，帶著一腔怒氣，想質問璟是不是真的雇用了相柳去阻止她成婚，想質問他為什麼要如此羞辱她，可因為拉雲輦的天馬不是最好的，竟然走了兩日半，為了見靜夜又等了半日，如今三日過去，一腔怒氣淡了，反而生出無奈。質問清楚了又如何？就算是璟做的，她能怎麼樣？難道殺了他嗎？

小夭甚至開始後悔，她真是被相柳氣糊塗了，怎麼就這麼糊里糊塗來了青丘？

小夭躲在浴室裡不肯出去，婢女倒不催她，只是隔上一陣子，叫她一聲，確定她沒暈倒。

小夭在浴室裡待了將近兩個時辰，到後來，覺得自己也不可能躲一輩子，才擦乾身子，穿上乾淨的衣衫。

小夭走出去時，璟在暖閣裡等她。他們這些人身有靈力，都不怕冷，可大概怕小夭冷，暖閣裡放了個半人多高的大熏爐，屋內有些悶熱。

聽到小夭的腳步聲，璟立即站起來。小夭沒理他，走過去把窗戶打開，璟忙道：「妳頭髮還沒乾，小心著涼。」

璟想要關了窗戶，小夭說：「不許關！」

璟依舊把窗戶掩上，不過沒有關嚴，留下了一條縫。

小夭想發作，卻發作不得。

璟又在小夭身後放了一個暖爐，把一碗木犀花茶放在她手邊，這才坐到對面。

小夭在浴池裡泡了將近兩個時辰，的確渴了，捧起木犀花茶慢慢地喝著，一碗茶喝完，她說道：「你不問問我，這一個多月和防風邶去了哪裡嗎？」

璟道：「我知道防風邶是相柳，他應該帶妳去了神農義軍駐紮的山裡。」

「我是顓頊的妹妹，他會帶我去神農義軍的軍營？你當他是傻子嗎？」小夭沒好氣地說：「我一直在清水鎮，就在回春堂的隔壁。」

璟有些詫異，清水鎮上各方勢力混雜，小夭在清水鎮一個多月，怎麼會沒有人留意到？

小夭說：「我從沒出過屋子，直到最後一日才發現自己竟然住在回春堂的隔壁。」

璟問：「妳見到桑甜兒了？」

小夭很是意外，璟這麼問，顯然表明，他知道只有桑甜兒還活著。小夭說：「見到了。」

璟說：「不要難過，老木他們都是善終。」

「你……一直在關注他們？」

璟頷首，「老木臨終前，我去見過他一面，告訴他小六過得很好，讓他安心。」

小夭心內僅剩的氣一下子消失了，呆呆地看著白玉茶碗中小小的黃色木犀花，半晌後，她心平氣和地說：「相柳說，你給了他很多錢，雇他去阻止我嫁給豐隆。」

「是我做的，不過我沒想到相柳會行事那麼極端。」

「你為什麼要這麼做？」

「那日，妳在青丘街頭告訴我妳要成婚了，可妳的眼裡沒有一絲喜悅。我不明白，沒有人逼迫妳，妳為什麼要逼自己嫁給豐隆？我……我沒有辦法讓妳這樣嫁給豐隆。我求豐隆取消婚禮，豐隆拒絕了我。我想去找妳，可我很清楚只會火上澆油，正百般無奈時，恰好碰到防風邶。我想起，妳說過妳承諾為相柳做一件事，作為解蠱的代價。顓頊登基後，共工的軍隊緊缺糧草，於是我和相柳談了一筆買賣，買下妳許給他的那個承諾，讓他去要求妳取消婚禮，但我真的沒有想到他會在婚禮上要妳兌現諾言，是我大意了。小夭，對不起！」

小夭淡淡說：「沒什麼對不起，大家都是公平交易。我和相柳是公平交易，你和他也是公平交易。不過，我希望你以後不要再插手我的事！我高興不高興，和你無關！」

小夭本就覺得自己來青丘十分莫名其妙，現在話說清楚了，再沒什麼可說的，起身告辭，準備要離開。璟一下就跳了起來，下意識地擋住門，急急叫道：「小夭……」人竟然晃了幾晃，眼看就要摔倒。

小夭忙扶住他，看他一臉病容，下意識地想去把脈。

璟卻推開了她的手，說道：「我沒事！現在天已黑，妳歇息一晚，明日再走也不遲。妳若不願見我，我立即離開。」璟的臉色蒼白，一雙眸子更加顯得黑，影影綽綽，似有千言萬語，卻無法出口，全凝成了哀傷。

小夭想起了桑甜兒的話，心內長嘆一聲，又坐下，「我明日走。」

璟默默看了小夭一瞬，黯然地說：「我走了，妳好好休息，靜夜就在門外守著，妳有事叫她。」璟向門外走去。

小夭突然說：「我有話和你說。」

璟回身，靜靜等著。

小夭指指對面的坐榻，「請坐。」

璟跪坐到小夭對面，小夭凝視著從熏爐飄出的渺渺青煙，遲遲沒有開口。

璟屏息靜氣地看著小夭，希望這一刻無限長。

小夭說：「這些年，我夜裡總是睡不好，常常把過去的事翻來覆去地想。」

璟滿面驚訝。這些年，他也從沒睡過一夜安穩覺，也總會把過往的事翻來覆去地想，可小夭一直表現得太若無其事，讓璟總覺得小夭已經徹底放下他。

小夭說：「防風意映是卑劣，但也是你給了她機會。最開始的幾年，我嘴裡說著沒有關係，我不在乎，可我心裡是恨怨你的，所以，每次你在的場合，我明明能迴避，卻偏偏不迴避。我故意談笑正常，做出絲毫不在意你的樣子，實際上一直暗暗留意你的反應。」

璟道：「我知道，是我錯了。」當年，總覺得防風意映無辜，是塗山氏和他對不起防風意映，不想傷害防風意映，可他忘記了，他不傷害防風意映就會傷害小夭。

小夭說：「你是有錯，不過，不是你一個人的錯。最近這幾年，我專心學醫，心態變了很多，看事情的角度也變了，想得越多，越發現我把所有事怪到你頭上，其實不對！」

「不是，妳一直都對我很好……」

小夭對璟做了個手勢，示意璟聽她說：「桑甜兒說，人這一生，就像荒山行路，誰都不知道會碰到什麼，都是深一腳、淺一腳地摸索著走，會跌倒、會走錯路、會碰到野獸，所以才會想要有個人攜手同行、相互扶持。我是答應了和你同行，但我一直很消極地等待，這就好比，我明明答應了和你一同去爬山，本該齊心合力，可一路上，我看到你走上岔路，不叫住你，由著你走錯路；看到前方就是懸崖，也不拉你一把，由著你摔下去。我一直站在一旁，自以為清醒地冷眼旁觀。」

小夭問璟：「你可知道防風意映曾三番四次想殺顓頊？有一次她把顓頊的胸口都射穿了。」

「什麼？」璟震驚地看著小夭。

小夭自嘲地笑了笑，「防風意映在你面前，言行舉止一直聰慧有禮、溫柔善良、可憐可愛，但我從一開始就知道，她心機深沉、手段狠辣，更知道你心腸軟，對她很愧疚，防風意映肯定會利用你的性子和你的愧疚對付你，可我什麼都沒做，甚至連提醒都未提醒，一直袖手旁觀。因為從小的經歷，我一直對人與人之間的感情很悲觀，總覺得一切都不會長久，誰都靠不住，我從沒有真正相信過你，也不肯主動付出，最後的結果發生時，我還覺得，看吧，一切如我所料！我就知道人心不可靠！可不知道，世間事，種瓜得瓜、種豆得豆，自己正是這個結果的推動者。就如桑甜兒所說，我既未播種，又不肯辛勤培育，怎麼可能指望收穫？」

小夭的眼中有隱隱淚光，「每個夜裡，我失眠時，都會想起過去的事情。我很清楚地知道自己錯了，我因為自己的自以為是，因為自己的悲觀消極，因為自己的不信任，失去了我喜歡的人。當時只要我稍稍做點努力，肯多說一點、多做一點，也許結果就會截然不同。顓頊看我一直不能釋然，以為我依舊恨著你，其實不是，我一直無法釋然的是自己。璟，你無需再自責，也無需對我覺得愧疚。我們倆在外人眼裡，也許都是精明人，可我們在處理自己的感情時，都犯了錯。人生有的錯誤，有機會糾正，有的錯誤，卻沒有機會糾正……」

每個夜裡，從過去的夢裡驚醒，知道自己錯了，可一切卻無法挽回，那種痛苦就好似有人用鋸子鋸著她的骨頭。但，一切已無法挽回……

小夭的淚水潸然而下，她背轉了身子，用袖子擦去眼角的淚水，卻越擦越多。

璟情急下，摟住了小夭，「小夭、小夭……別哭！妳沒有錯，我承諾了先付出、先信任，我該保護好妳，是我沒有做到。」

小夭伏在他肩頭，失聲痛哭。幾千個夜晚，在寂靜的黑暗中，她回憶往事，恨過防風意映，恨過璟，最後，卻恨自己。

聽到小夭的哭聲，璟心如刀絞，這是小夭第一次為他落淚。之前，連突然聽到防風意映懷孕時，小夭都笑容滿面。如果可以選擇，他寧願小夭像以前一樣淡然得好像絲毫不在乎，他寧願小夭真的忘記了他，也不要小夭承受和他一樣的痛苦。

璟輕輕地撫著小夭的背，「小夭、小夭、小夭……」一遍遍的低喃，一遍遍的呼喚，多少次午夜夢迴，他想著她、念著她，卻觸碰不到她。

小夭用盡力氣打著璟，哭嚷：「為什麼不讓我嫁了？為什麼不讓我裝著若無其事，微笑地繼續走下去？」

璟沒有辦法回答。為什麼？也許是因為小夭站在青丘街頭的茫然，他不想她一輩子都如此；也許是因為他愛得太深，無法放手讓她嫁給別人；也許是因為他心底深處還有不肯死心的期冀。

璟說：「之前，我和妳說對不起，但現在我收回對不起，我一點都不後悔，即使相柳用了那種極端的方式，鬧得整個大荒不得安寧，我依舊很高興沒有讓妳嫁給豐隆。」

「你……混帳！」小夭邊哭，邊打他。

璟心中竟透出一絲甜蜜，「我一直都是混帳！」

小夭哭了一會，積壓多年的情緒發洩出來，理智漸漸恢復，發現自己竟然在璟懷裡，猛地推開了他。

璟也未勉強，起身端了碗熱茶給小夭，「喝點水。」

小夭捧著茶碗，又羞又愧，壓根不敢看璟。自己這算什麼？已經說過了陌路，卻趴在人家懷裡哭得淚雨滂沱。

小夭的臉色漸漸冷了下來，說道：「我的話說完，你可以走了。明日清晨我就回神農山，你不用來送我了。」

璟凝視著小夭，沒說話。壓抑了十年，才讓小夭失態一會兒。她眼角的淚痕還在，卻已經又變得冷靜克制。這一次，她已經把最後的話都說清楚，這一別，只怕永不會再見他。

小夭微笑著說：「錯了就是錯了，即使後悔，也無法回頭，只能努力忘記，繼續往前走。不管是為了你好，還是為了我好，我們以後不要再見面了！」

因為猜中小夭的話，璟竟然笑了笑，淡淡說：「先吃點飯，用過飯後，我有話和妳說。」

小夭剛要拒絕，璟說：「我聽了妳的話，妳也應該聽聽我的，才算公平。」

小夭沒有答應，也沒有拒絕。

璟叫道：「靜夜。」

靜夜端著粥進來，給小夭盛了一碗，給璟也盛了一碗。

小夭連著幾日沒好好吃過飯，聞到飯香，也是真餓了，埋著頭專心用飯。

璟也跟著低頭專心用飯。這些年，每次吃飯都食不知味，今日卻覺得粥十分可口，陪著小夭吃了兩碗。

靜夜看到一砂鍋粥都吃完，不禁心下嘆了口氣，又喜又愁，把碗碟都收拾好後，向璟和小夭行禮告退。

待靜夜出了門，小夭問：「你要和我說什麼？」

璟說：「妳先答應我，不管我說什麼，妳都耐心地聽完，不要生氣離開。」

「我答應，你說吧！」小夭已經決定，明日一別，再不見璟，今夜是兩人此生最後的相聚，不管璟說什麼，她肯定都會聽完。

璟道：「自從我和意映……發生了那事後，我一直過得渾渾噩噩，一切隨奶奶安排，唯一的抗拒就是不願見意映，不過，反正婚禮舉行了，孩子也有了，意映壓根不在乎。直到大嫂去世，我突然清醒了幾分，開始振作。」

小夭聽得莫名其妙。她記得那個沉默的女子，好像是因為篌外面的女人，服毒自盡了，但那和璟有什麼關係？

「大嫂和靜夜、蘭香一起進塗山府，因為性子柔和、處事周到，奶奶讓她去服侍大哥，和我也算自小相熟。她以前雖然話不多，卻愛笑，待人又寬和，靜夜、蘭香都和她玩得好。後來，母親把她嫁給了大哥，她越來越沉默，漸漸地，幾乎再看不到她笑。我知道大哥對她很冷淡，但我做不了什麼，只能暗地裡照顧一下她，讓靜夜有空時，多去看看大嫂。大概怕大哥罵她，大嫂從不和我多話，但每年春天，只要我在府裡，她都會給靜夜一束雲銀鵑，插在我的書房裡。那花十分美麗，只開在青丘山頂，我小時常常和大哥帶著她們去看花。大嫂看似笨拙木訥，其實心裡什麼都明白，她送花，既是向我表達謝意，也是請求我，不要忘記小時候和大哥的情意，原諒大哥……」璟沉默了一瞬，說：「大嫂不是服毒自盡，而是被人投毒害死。」

「什麼？誰毒殺了你大嫂？」小夭難以相信，不管藍枚的出身多麼卑微，她也是塗山氏明媒正娶的夫人，誰敢這樣對她？

「防風意映。」

小夭驚得再說不出話，雖覺得匪夷所思，可這事防風意映的確做得出來。

璟說：「大嫂去世後，我開始真正面對我和防風意映的事。這些年，我一直想回憶起那夜的事，甚至找了妖力高深的狐妖，用惑術催眠我，喚醒我潛藏的記憶，卻怎麼都想不起來那一夜的記憶。所有的記憶就是我覺得昏沉，把意映看作了妳，妳脫衣服，抱住了我，想和我親熱，我努力想推開妳……然後就什麼都不知道了。」

璟說話時，一直看著小夭的神色，生怕她惱怒拂袖而去，幸好小夭向來守諾，雖然面色不愉，卻一直靜靜聽著。

璟說：「我的靈力修為雖然不能和相柳、豐隆這些大荒內的頂尖高手相比，可畢竟是九尾神狐的血脈，從小刻苦修煉，修為並不低。催發情欲的藥，對我們這些人而言，不過是助興而已，根本不可能克制不住。」

小夭點點頭，的確如此。對神族而言，不要說是璟，就是給傜梁那些風流多情的傢伙下藥，也不可能真讓他們無法克制，一桶冰水就能做解藥，不過是願不願意克制而已。

璟看小夭認可了他的判斷，繼續說道：「意映肯定也知道，只催發情欲的藥並不能讓我和她……行夫妻之事，所以她還讓奶奶幫她下了迷幻藥，讓我產生幻覺，把她當作妳。可是，意映不知道妳在我心中的分量，正因為那個人是妳，我才絕不可能在那種情況下要了妳。」

小夭禁不住問：「即使我主動，你也不願意嗎？」

璟說：「如果妳主動，我反而會更加克制。妳願意，說明妳相信我，我更不敢辜負妳的信任，更想給妳最好的一切。小夭，當時是因為意映自盡，我去看望她，那是另一個女人的寢室、另一個女人的睡榻，我一直渴望的就是堂堂正正和妳在一起，怎麼可能隨隨便便在另一個女人的榻上就要了妳？這是對妳的羞辱和傷害！不管我神智有多昏亂，可我堅信，我不會違背心底深處的渴望。」

小夭沉默不語。她見識過顓頊戒毒藥，的確如此，顓頊都痛苦到用自己的頭去撞牆自殘了，可一旦傷到了她，顓頊會立即後退。

小夭精通藥性，所以更明白，這世間再厲害的迷藥，如果只用一次，絕不可能真的迷失一個人的本心，被迷失者不過是因為潛藏的邪念被激發了。璟是喜歡她，可愛越深、敬越重，她相信璟絕不可能隨隨便便在另一個女人的睡榻上和她歡好。

小夭沉吟了半晌，說道：「你這麼分析，事情的確很蹊蹺。可是……我聽表舅西陵族長說，你的兒子長得像你，也很像他爺爺。」

璟說：「如果孩子像爺爺，自然會像我。」

小夭一時之間沒反應過來璟的意思，像爺爺、自然會像璟，和像璟、也像爺爺，這兩者有什麼區別嗎？

璟說：「聽奶奶說，我和大哥都長得像爹爹，尤其大哥，據說有八九分像。」

猶如一個驚雷炸響在耳畔，小夭被震得半晌不能言語，可很多小事卻全銜接到了一起。好一會後，她才小心翼翼地問：「你是說……意映的孩子並不是像你，而是像篌？」

「大哥和服侍大嫂的婢女說，大嫂是因為大哥外面的女人，被大哥打了幾巴掌後，一時想不開，服毒自盡。當年，母親命大哥娶大嫂，奶奶沒有反對，可為了彌補大哥，給了大哥好幾個妾侍，大嫂從沒有說過什麼，上百年都過來了，何至於為大哥外面的女人和大哥鬧？就算鬧，以大嫂的性子，也不可能明知道我和大哥不和，還想見我，要我評理。我知道大嫂的死一定有蹊蹺，她臨死前想見我，肯定另有原因，可惜我當時不在府裡，等我趕回去，大哥已經把一切都料理乾淨，我什麼都查不出來。

那兩三年，因為要陪伴奶奶，倒是常常能見到大嫂，可每次不是大哥在，就是意映在，我和大嫂從沒真正說過話，唯一一次說話，是奶奶去世前一日，我把瑱兒抱到奶奶屋裡，大哥不在，大嫂卻恰好在，我要走時，她湊過來看瑱兒，對我說『瑱兒長得真像他爺爺』。奶奶說過很多遍這話，幾個長老和府裡的老嫗也都說過這話，我並沒往心裡去，可大嫂死後，我想起這句話，才發現古怪處。奶奶這麼說，很正常，但大嫂進府時，我爹已經過世，她從沒見過我爹，怎麼可能說孩子像爺爺？」

小夭說：「如果你大嫂真的是因為知道了什麼被害，那個時候，她應該已經被監視，所以她只能透過那句話企圖告訴你什麼。」

璟說：「這幾年，我一直在尋找證據，可什麼都沒找到。我和大哥是親兄弟，就算是他的兒子，也和我血脈相連，連神器都無法辨認。」

小夭腦內思緒紛紜——

當年，篌為了族長之位，和璟爭得死去活來，甚至不惜投靠蒼林和禹陽，與顓頊為敵。可突然之間，他就放棄了，甚至發下血誓，不會為了族長之位去謀害璟。如果意映的孩子是篌的，一切就合乎情理了，縱然璟當上族長又如何？到最後還不是會落入他兒子的手中。

篌是發了血誓，不會謀害璟，但意映沒有發過誓，只要他們想，意映隨時可以出手。

這件事，也不知道篌和意映究竟商量了多久，在太夫人病情的推動下，一切安排得天衣無縫，只要在害死璟前，篌和意映絕不私會，甚至故意做出彼此憎惡的樣子，那麼這世上根本不可能有人發現這個秘密。

小夭打了個寒顫，如果不是這幾年，黃帝禪位、顓頊繼位、軒轅遷都……大荒內一直大事不斷、局勢充滿了變數，意映是否已經出手？

那個膽小心細、善良寬厚的女子是否就是因為知道了他們要謀害璟，才無法再保持沉默，想去提醒璟，卻被意映和篌殺了？

璟說：「這些年，我表面上不動聲色，暗中一直在觀察篌和意映，但他們太精明了，意映三番兩次當眾反對我給了篌太多權力，篌也當著所有長老的面，怒斥過意映倚仗著我干涉了太多族內事務，因此所有人都認定意映和篌不合，如果說他們倆有私情，簡直就像是說太陽是從虞淵升起、湯谷墜落3。我現在沒有辦法向妳證明我的話，但我一定會找到證據，證明自己的清白。」

小夭說：「還記得那次鬧得很大的刺殺嗎？」

3神話傳說中湯谷是日出之地，虞淵是日落之地。

「一群殺手在青丘行刺我的傀儡？」

「就那次！當時你和豐隆都說不像篌的行事風格，豐隆說簡直像個氣急敗壞的女人，篌卻親口承認是他做的。」

「我也想到了此事。刺殺事件前，我剛向意映表明心有所屬，懇請她同意退婚，大概正是此事激怒了意映。刺殺應該是意映的私自行動，篌怕我查到意映頭上，索性承認是他所做。」

小夭說：「雖然沒有一點證據，可有太多蛛絲馬跡，其實，我已經相信了你的話。」

璟一直沒有表情的臉上終於露出了一絲笑容，可那笑容並不真切，就如劫後餘生的人，看似活下來了，但面對著滿目瘡痍、一片廢墟，很難真正開心。

小夭道：「這事不能輕舉妄動，否則，一旦引起他們的警覺，只怕一輩子都查不出真相了。要麼不出手，如果出手，一定要一擊必中，但你一定要小心！」小夭在心裡默默感激那個叫藍枚的女子，如果不是她，也許璟已經遇害了。

璟說：「大嫂死後，我就對意映和大哥很戒備，妳不必擔心。」

小夭很是心酸。這些年，璟過的究竟是什麼日子？大荒內風雲變幻，他作為一族之長，必須走好每一步，不能有負族人；本是最需要親人相助的時候，大哥和妻子卻都想置他於死地。

小夭問：「你大嫂死後，你就動了疑心，為什麼不早告訴我呢？」

「沒有證據的事，如果妳已經放下了，我何必說出來再招惹妳？直到今夜，知道妳還……我想，反正事情不可能再糟了，全告訴妳吧！」

靜夜敲了敲門，捧著小托盤進來，「公子，吃藥了。」盤上放著一盞溫水，一丸蜜蠟封著的藥丸。

璟將蜜蠟捏碎，用溫水把藥丸送服。

小夭忍不住問：「你是什麼病？」

璟道：「不是什麼大病，就是日常調理的藥。」

靜夜插嘴道：「公子幾十年前，就因為悲痛欲絕，傷了心脈。這些年，為了王姬，寢不能寐，食無滋味，鬱結在心。三個多月前，王姬還特意跑來青丘送禮，說什麼要成婚，請公子去赴宴，逼得公子大病了一場，直到現在還未好……」

「靜夜！」璟語氣不悅。

靜夜眼中淚光點點，滿是怨氣地盯了小夭一眼，轉身出去了。

小夭看著璟，璟道：「沒有靜夜說得那麼嚴重。」

「手給我。」

璟仍不想伸手，小夭盯著他，他終於把手伸了過去。

小夭搭指在他腕上。半晌後，她心情沉重，一聲不吭地收回手。本來心裡還有各種想法，可現在——在死亡的威脅面前，什麼都顯得不重要了。

恐怕璟已經從胡珍那裡約略知道自己的情形，並沒問小夭診斷結果，反而笑著安慰，「其實沒什麼，慢慢會好起來。」

小夭心情沉重，面上卻笑了起來，「是不打緊。」

璟問道：「這些年，妳身體如何？」

「我還好，雖然夜裡睡不大好，不過，我不比你，你日日有事操心，我卻自顓頊登基後，就沒什麼事操心，想在被窩裡賴多久就賴多久，而且也沒個人隔三岔五地來刺激我一番，非要看著我難受，才覺得痛快。」

璟禁不住笑起來，「若我難受，妳真心裡痛快，我其實心裡也就痛快了。」不管是恨還是怨，都因為仍然在意。

小夭說：「你又不知道她當時心裡痛快了。」

「現在知道也不遲。」

小夭默不作聲。即使相信了璟和意映之間清清白白，什麼都沒有，孩子是意映和篌的，可就能和璟重新開始嗎？

璟本來就沒指望更多，小夭能相信他的話，他已經喜出望外。沒清理乾淨問題前，他什麼都不敢多說，什麼都不敢奢望。

小夭問：「豐隆，他……可還好？」

「看上去一切正常，但他自小驕傲，向來要風得風、要雨得雨，這是他從出生到現在最大的挫折了，只是強撐著而已。我怕他找不到防風邶，把火發到防風家，已經向他坦承是我指使防風邶去阻止婚禮。」

「啊？」小夭緊張地看著璟，「你們……又打架了？」

「這次不是打架，他是真想宰了我，被我的侍衛擋住了。目前，他和我絕交了。」

「你幹嘛要承認呢？反正塗山氏本來就會保護防風氏。」

「豐隆是我兄弟，因為我的疏忽，讓相柳鑽了空子，我已經有愧於他，不能再不坦誠，讓他恨都恨錯人。」

小夭說：「對豐隆而言，女人就如衣服，他又和你從小玩到大，過一段日子，他應該就會原諒你。可對我，他一定恨死了。」

「不要太擔心，這只是一時之辱，讓豐隆兩三個月就釋懷，的確很難，但兩三年之後，以他豁達爽朗的性子，自己會想通。」

小夭嘆了口氣，現在不管做什麼，豐隆都不會接受，也只能如此了。

兩人默默相對，都覺得好似還有什麼話要說，可能說的又已經都說完了。

璟站了起來，說道：「夜已深，妳休息吧！」

小夭笑了笑，「你也好好休息！」

這一夜，小夭不知道璟有沒有休息好，反正她是一夜都沒睡好，一會想著璟的身體，一會想著意映和篌，一會想著日後該怎麼辦……

清晨，小夭早早起身洗漱。

沒多久，璟就來了。

小夭和璟用完早飯，小夭沒開口說要走，璟也沒主動提起，但他很清楚，小夭能留在這裡的時間不多。

小夭對璟說：「我今日想幫你仔細診察一下身子。這些年，我的心境和以前不同，認真學習了醫術，昨日，我幫你診脈，發現你的病有些麻煩，不過幸好還來得及，你不要擔心……」

璟淡淡說：「我從沒擔心，如果妳不願為我治病，我不在乎生死；如果妳願意為我治病，我知道我一定能好。」

小夭定了定心神，說道：「胡珍是你的醫師嗎？請他一塊來吧！」

靜夜立即去請胡珍。

胡珍來後，小夭再次為璟診脈，一邊診脈，一邊詢問日常起居作息，飲食寡淡，哪些味道聞著舒服、哪些聞著難受……有些問題是璟自己回答，有些問題卻是連他自己都沒注意，要靜夜和胡珍答覆。

小夭問胡珍現在用的是什麼方子，胡珍把方子背出，小夭和他討論起來。

「夜難入寐、氣短懶言、神疲乏力……」

小夭和胡珍商議了半晌，胡珍心悅誠服，按照小夭的提議，將藥方更改了一味主藥，去掉兩味副藥，分量全部減輕。用藥的法子從按時服用，改成了長流水煎、不拘時服。

胡珍意味深長地說：「族長的病起自四十多年前，未將傷心養好，又頻起變故，王姬這方子好是好，卻是要長期調理，至少一二十年的慢工夫，王姬可真想好了？」

小夭沒有說話。

瑒對胡珍說：「一切按照小夭的吩咐做。」

胡珍彎身行禮，「是！」

小夭對瑒說：「還有一件事，我想見見近身服侍你的心腹。」

瑒對靜夜說：「把胡啞和幽叫來。」

靜夜和胡珍愣住，靜夜低聲道：「是！」

胡啞，小夭見過。幽，卻是第一次見，是個很飄忽的女子，影影綽綽總好像在一團霧氣中，連面目都看不分明。

靜夜低聲道：「幽是很厲害的狐妖，是保護族長的侍衛首領，一般不會見人。」

小夭衝瑒笑，「我想單獨和他們說幾句話，可以嗎？」

瑒為小夭設了禁制，走開幾步，背轉過身子。

小夭對靜夜、胡啞、胡珍、幽，行了一禮。靜夜、胡啞、胡珍都還了禮，幽卻是提前讓開了，沒有受小夭的禮，也未還禮。

小夭說：「我下面說的話有點古怪，但我想請你們記住。」

靜夜說：「王姬請講。」

「防風意映很有可能會伺機殺害瑒。」

四人都詫異地盯著小夭，小夭面不改色，鎮靜地說：「你們都是瑒的貼身侍從，瑒和意映的關係如何，你們心裡很清楚。如果瑒有什麼事……那麼就是意映的兒子繼位，孩子幼小，其實相當於意映掌控了塗山氏。」

四人悚然而驚，靜夜急切地說：「王姬還知道什麼？」

「我不知道她會選擇什麼時候殺璟，也不知道她會採用什麼方式來殺璟，我唯一確定的就是她一定會動手，拜託你們務必保護好璟。」

胡啞說：「王姬客氣了，這是我們分內之事。」

小夭說：「還有塗山篌，他與璟的恩怨，你們也都約略知道，本就應提防著他，但不夠，很不夠！還請你們再提防一些，篌也許會和意映聯手殺璟。」

靜夜震驚地說：「這怎麼可能？夫人和大公子勢同水火，一直交惡。」

小夭說：「我知道這聽起來很荒謬，但小心永不會有錯！疏忽卻會鑄成大錯！請你們務必時時刻刻小心。」

胡啞說：「王姬放心，我們一定會謹記在心。」

「拜託你們了！」小夭再次向四人行禮。

這一次，四人都向小夭回禮，靜夜說：「謝謝王姬提醒。」

小夭對璟說：「我說完了。」

璟依舊背對他們站著，小夭反應過來璟聽不到，笑走到璟身後，輕輕拍了一下，璟回身，「說完了？」

四人向璟行禮告退。

小夭對璟說：「我請他們提防意映和篌。」她不當著璟的面說，不是不想讓他知道，而是怕他聽著難受。

小夭對瑲殷殷叮嚀，「你自己也警惕些，一般的毒傷不到你，要想真正傷到靈力高深的神族，毒藥必須進入五臟六腑，因此不許喝、也不許吃來歷不明的東西。」

瑲微笑著說：「記住了！」

靜夜輕敲了幾下門，奏道：「黑帝陛下派人來詢問族長可有王姬的消息。」

瑲暗嘆了口氣，只是一夜半日，顓頊就找來了。

小夭也知道顓頊肯定會派人留意塗山氏的動靜，俞信的那番舉動並不算隱密，顓頊追查過來也很正常。

小夭對靜夜說：「妳讓他們等一下。」

靜夜道：「是。」

小夭對瑲說：「我要走了。」

瑲心中不捨，可知道他現在還沒資格留小夭。

小夭邊走邊說：「心地善良、寬宏大量並不能算是缺點，可碰到篌和意映這樣的人，卻會變成弱點。」

瑲說：「我明白，一切到此為止，我不會再退讓了。」

小夭點點頭，「這還差不多。」

瑲把小夭送到院門，小夭道：「別送了，靜夜會帶路。」

「等等！」瑲叫住小夭，拿出貼身藏著的魚丹紫，遞給小夭。

小夭沒有接受，可也沒有斷然地拒絕，微蹙著眉頭，似乎一時間不知道該怎麼辦。

瑲說：「這是我的診金，還請王姬收下。」

小夭想了想，說道：「我若收了你的診費，可就得保證治好你的病。」

瑲說：「我一定謹遵醫囑，好好養病。過段日子，我會去軹邑，還請王姬繼續為我看病。」

小夭拿過了魚丹紫，一言未發，轉身離去。

瑲鬆了口氣。只要她願意見他，即使只把他當作病人，他也很開心。

回神農山的路上，小夭一直在想顓頊會怎麼處置她。

驚怒，是肯定的；生氣，也是肯定的。

她給顓頊扔了這麼大個爛攤子，他不怒、不氣，才怪！但畢竟已是一個多月前的事情，再大的怒氣也該平靜了。現在，應該只剩下些餘怒和無可奈何的頭疼了吧？

雲輦在小月頂降落，小夭剛下雲輦，就看到了顓頊。

顓頊看上去很平靜，小夭卻不敢放鬆，陪著笑，一步步走到顓頊面前，甜甜叫道：「哥哥。」

顓頊盯了她一瞬，淡淡說：「走吧！」

小夭跟在顓頊身邊，偷眼看他，實在看不出他在想什麼，也看不出喜怒，她再次清醒地意識到，現在的顓頊是擁有大半個天下的黑帝。

山谷中有不少積雪，因為少有人過往，白皚皚的雪沒有一絲痕跡，就如一幅雪白的絹帛，讓人忍不住想在上面留下點什麼。

小夭不時彎下腰，用手快速地在積雪上覆下個手印，顓頊不理會她，卻慢了腳步。

經過一整片如白帛的雪地時，小夭蹲下，用手在雪上撲撲地拍著，拍出十幾個參差錯落的手印，她用手掌從手印中間拖下，留下一道粗粗的痕跡，像是一根樹幹。

小夭仰頭看顓頊，「哥哥。」

顓頊彎下身子，在小夭拍下的手印旁也隨意地拍了十幾個手印，再略加幾道劃痕，就成了一株畫在雪地上的桑樹。他們小時常在雪地上作畫，用手掌畫桑樹，還是顓頊教小夭的。

小夭笑，腆著臉湊到顓頊身畔，「還氣惱嗎？」

顓頊淡淡道：「我沒有氣惱。」小夭出嫁那一日，他一個人枯坐在鳳凰林內，只覺滿眼灰寂。聽聞小夭悔婚時，眼中的一切剎那鮮亮，竟是無可抑制的喜悅。

「豐隆那邊……」

顓頊說：「有我在，妳擔心他什麼？從今往後，妳就把他當成不相干的人就好了。」

「我覺得對不起他。」

「完全沒必要，我已經在補償他，不過就這幾個月流言蜚語多一些、難熬一點，待豐隆大權在握、美人環繞時，世人會完全忘記還有這麼一場鬧劇般的婚禮。」

小夭困惑地看顓頊，「我給你惹了這麼大的麻煩，我還以為你好歹要給我點臉色瞧瞧！」以前為了她跟防風邶跑掉去玩的事，顓頊都給了她好幾天臉色看。

顓頊拉住小夭的雙手，把她從雪地裡拉起來，一邊為她搓著手暖和，一邊問道：「妳希望我懲戒妳嗎？」

小夭立即搖頭，難得顓頊發善心，她可別自討苦吃。

顓頊道：「我們走快點，別著涼了！」

顓頊拖著小夭快步走，小夭嘻嘻哈哈地笑起來，反拉著顓頊跑了起來。

兩人邊跑邊笑，衝到竹屋，小夭飛快地脫去鞋子，跳到屋裡，揚手宣布，「我又回來了！」

顓頊笑，慢條斯理地脫了鞋，走進屋子。

黃帝從裡屋走出來，小夭立即斂了笑意，有點緊張地躲到顓頊身後。世人都怕黃帝，可她從來不怕，但這一次是她錯了，她還真有點害怕見黃帝。

顓頊好笑，心中卻又很是歡喜，給黃帝行了禮後，拖著小夭坐下，把小手爐放到小夭懷裡，讓她抱著取暖。

黃帝盯著小夭，眉頭擰在一起。

小夭一點點往顓頊身後蹭，好似恨不得完全躲到顓頊背後。

黃帝說：「妳都有膽子當著全天下的面悔婚，我還以為妳什麼都不怕了。」

小夭低著頭，不說話。

黃帝道：「其實，正因為是王姬，想找個好男人並不容易，真有才華的男子往往有幾分傲骨，不見得願意借妳的勢，衝著妳身分去的男子不要說妳看不上，就是我也看不上。豐隆各個方面都和妳般配，既有才幹，又願意借妳的勢，他也借得起，妳放棄了他，實在很可惜。」

小夭低聲說：「我知道。」

黃帝嘆氣，「妳以後想嫁個像樣的人很難了！」本想讓小夭抓住這最後的機會，安頓下來，可沒想到，小夭不但沒把自己安頓下，還連自己的聲譽都毀了。

小夭說：「我知道。」

黃帝問：「妳和防風邶是怎麼回事？他要想娶妳，難道連來見我們的勇氣都沒有嗎？」

小夭心虛地看看黃帝，再看看顓頊，最後又往顓頊身邊蹭了蹭。顓頊輕拍了拍她的背，示意不管什麼，一切有他。小夭說：「防風邶，他、他……死了。」

黃帝和顓頊都意外地看著小夭，小夭說：「不要問我，我不想多說，反正這個人死了，以後再不會出現！」

顓頊問：「妳殺了他？」

「我……他算是因我而死，我和他之間的事，我不想再提！」

黃帝看小夭神情黯然，以為是男女私情的糾葛，不再追問，對顓頊說：「眾目睽睽下，防風邶和小夭一起離開，小夭回來，他卻死了，要給防風家一個交代。」

顓頊淡淡道：「我派侍衛追到小夭時，防風邶拒不放人，侍衛為了救王姬，一時心急，殺了他。殺了防風邶，正好給赤水氏和全天下一個交代，讓豐隆消消氣，諒防風氏也不敢為個庶子再說什麼。」

黃帝頷首同意。

小夭苦澀地想，這就是防風邶的下場，不知道相柳知道後，會怎麼想。
黃帝嘆氣，「小夭，妳以後怎麼辦？」
「我怎麼辦？」小夭看顓頊，「我不能和以前一樣過日子嗎？不管天下人怎麼看我，反正父王、哥哥又不會嫌棄我。」
顓頊道：「當然可以！」
黃帝看著顓頊，長嘆了口氣。
小夭笑嘻嘻地說：「外公，你今天嘆氣聲太多了！可不像是英明睿智的黃帝啊！」
黃帝嘆道：「我現在就是個看著孫子和孫女發愁的可憐老頭！」
小夭對顓頊做了個鬼臉，能讓黃帝長吁短嘆，她也算天下第一人了。

冬日，天黑得早，晚飯也用得早。
用過晚飯，小夭拽拽顓頊的衣袖，示意顓頊跟她去她的屋子。苗莆把屋子熏得很暖和，還為小夭準備了清酒。
小夭和顓頊窩在榻上，顓頊端著酒杯，笑看著小夭，眉目舒展，一臉愜意。
小夭說：「我明日去五神山。唉，我這次算是讓父王在大荒顏面掃地了！」
顓頊微笑道：「我讓瀟瀟陪妳一塊去五神山。」
小夭不在意地說：「好。」
顓頊問：「妳這一個多月在哪裡？」

小夭說：「我在清水鎮，因為腦子裡很亂，什麼都不想想，什麼都不想做，一直足不出戶，所以你的人壓根沒注意到。後來想回來了，卻不知道怎麼聯繫你和父王，就跑去找了認識的俞信，讓他把我送到青丘。」

顓頊說：「不就是悔婚嗎？有什麼大不了的？難道妳還真擔心自己嫁不掉？」

小夭笑著吐吐舌頭，「我不擔心，我怕你和父王擔心。」

顓頊凝視著小夭，說道：「妳若一輩子嫁不掉，我就養妳一輩子。」

小夭笑，「養到後來，見到我就發愁。」

顓頊一手端著酒杯，一手拈起一縷小夭的頭髮，在指間纏繞，好似漫不經心地說：「小夭，如果真沒人肯娶妳，其實，陪我一輩子，是不是也挺好的？」

小夭想起了璟，也想起那段痛苦的日子，是顓頊每夜陪著她，便說：「如果真沒一個人願意要我，也只得你陪著我了。」

顓頊微笑著，將手中的那縷髮絲握緊了。

在瀟瀟和苗莆的陪伴下，小夭回到了五神山。

對於她悔婚的事，俊帝毫不在意，甚至笑道：「我本就不贊同妳嫁給赤水豐隆，妳逃了，倒正合我心意。」

小夭問：「我沒有給你惹下什麼難處理的事吧？」

俊帝道：「妳忘記我以前對妳說過的話嗎？妳可以胡作非為，因為妳的父王是個強勢的君主，我有能力讓自己的女兒胡作非為。」

小夭看俊帝如此，既覺得愧疚，對不起父王，又覺得喜悅，因為被父王寵護著。

阿念嘲笑小夭平時看著乖巧，結果是不闖禍則已，一闖禍就是震驚天下的大禍。

小夭自嘲地說：「所以妳千萬不要跟我學。」

阿念洋洋自得地說：「我再出格，也不會比妳更出格。有妳做對比，我如今在高辛朝臣和百姓眼中好得不得了。」

小夭苦笑。她也隱隱聽聞了一些，不少朝臣在父王面前彈劾她，多次要求父王嚴懲她，以正禮法。但父王就如他自己所說，是個很強勢的國君，沒有人能左右他的意志。他將小夭周全地保護了起來。

小夭知道自己正被萬夫所指，怕再惹怒那些朝臣，哪裡都不敢去，整日待在承恩宮，看似是修身養性，實際在專心煉藥。

自從知道意映和篌會謀害璟，小夭就想為璟煉製些危急時保命的藥。煉製毒藥，小夭手到擒來，可煉製保命的靈藥卻不容易，尤其她想煉製的丹藥非比尋常，要不論在任何情況下，都能從天地間奪取三分生機，否則塗山氏並不缺靈丹妙藥，小夭壓根不需要費這個心。

幸好這些年，她潛心醫術，已經將《神農本草經》融會貫通。再加上，高辛有萬水歸流的歸墟水眼、日出之地湯谷、三大神木之首的扶桑木，還有歷代俊帝的收藏，可以說天靈地寶皆有。

小夭反覆思索後，精心配好藥材，借來青龍部的神器青木鼎，誠心誠意祭祀了天地後，開始煉藥。日夜扶桑火不斷，又每夜子時把自己的鮮血注入青木鼎中，一共煉製了一百日，終於製作出一丸丹藥。

小夭卻因為引血煉藥，自己像是大病了一場，虛弱得幾乎難以行走，不得不臥床休養。

等小夭身體康復、行動自如時，她已在五神山住了四個多月。瀟瀟婉轉地提醒小夭該回神農山了，正好她也擔憂璟的安危和身體，向父王請辭。

臨別前一日，俊帝早早下朝，帶小夭和阿念乘船出海，父女三人釣魚、烤魚，忙得不亦樂乎。

小夭知道阿念愛吃螃蟹，特意潛到深海給阿念抓了兩隻大螃蟹。阿念越來越覺得，有個小夭這樣的壞姊姊挺不錯，以前還嫉妒小夭搶了她的風頭，現在才發現有小夭做對比，她不管怎麼做，都顯得好；平時還能讓小夭做苦力，她心安理得地享受，誰叫小夭是姊姊呢？活該小夭讓著她！

父女三人一直玩到天色黑透，才盡興而歸。俊帝看著環繞在身畔的兩個女兒，聽著她們的軟語嬌聲，如北地山般冷峻的眉眼全化作了江南的水。

晚上，小夭洗去一身海腥，正要睡覺，阿念裹著披風來了，絲毫沒客氣地霸占了小夭的榻，「我今夜和妳一起睡。」

小夭愣了一愣，笑起來，「好啊！」

合上紫玉海貝燈，室內陷入黑暗。阿念往小夭身邊挪了挪，「姊姊，妳為什麼逃婚？」

小夭第一次明白了，什麼叫閨中私語，這樣頭挨著頭，聲音小小，可不就是私語嗎？

小夭詫異地說：「我以為妳是來問我顓頊的事呢！怎麼突然關心起我的事了？」

阿念不屑地說：「我和顓頊哥哥一直有通信，而且他現在是一國之君，一舉一動都有人留意，我常常去向蓐收打聽，只怕顓頊哥哥做了什麼，我比妳清楚。姊姊，妳逃婚是不是因為不喜歡赤水族長？」

小夭想了想說：「算是吧！」雖然逃婚是被相柳逼的，可歸根結底是因為她和豐隆之間無情。

阿念激動地說：「妳和那個大鬧婚禮的防風邶是什麼關係？所有人都說妳們早就有私情，在軒轅城的時候就眉來眼去，勾搭上了。」

小夭看著綠松窗外的月光如水銀一般傾瀉到青玉地上，苦笑不語。

阿念簡直比打了雞血還激動，「宮女還說，因為軒轅的士兵殺了防風邶，妳傷心下和黑帝陛下鬧翻，跑回了五神山，也說妳這段日子收集了那麼多靈草，還向青龍部借用他們的神器青木鼎，是在煉製起死回生丹，想救防風邶。他們說，一直沒有找到防風邶的屍體，肯定是被妳藏起來了……」

小夭目瞪口呆，「這是外面的謠傳？」

阿念興奮地說：「是啊！是啊！」

「妳相信嗎？」

「不信！」

「那妳還來問我？」

「我想知道妳為什麼逃婚。好姊姊，妳告訴我吧！」

「我逃婚看似牽扯了很多人，但事實上，和任何人無關，最根本的原因其實就是，我不喜歡豐隆。妳應該能理解，真正喜歡一個人，沒有人能擋得住，不喜歡那個人，任何一個理由都會是放棄的理由。」

阿念嘆道：「是啊！」

小夭的話勾動了阿念的心思，她絮絮叨叨地說起自己的心事來，兩姊妹聊睏了，才糊里糊塗地睡過去。

第二日，小夭上雲輦時，睏得直打哈欠。

俊帝和阿念來送她，阿念說：「姊姊，妳怕冷，等到冬天就回來，在五神山暖暖和和地過冬，到時我們再出海去玩。」

小夭應道：「好！冬天時，我回來教妳游泳。」

俊帝看著兩個明顯沒好好睡覺的女兒，愉悅地笑起來。

雲輦飛上了天空，小夭趴在窗戶上，朝俊帝和阿念揮手，直到看不到父親和妹妹了，她才含著笑坐直身子。

小夭闔著眼，手指摩挲著魚丹紫，笑意漸漸消失。

篌和意映都不是心慈手軟的人，以他們的性子，忍耐到現在已經是極限，可以說，璟如今每一日都在被死亡威脅。雖然瑲會很小心，可時間長了，難免不會有個疏忽，讓篌和意映有機可趁。最好的解決方法自然是徹底解除危機。

殺了篌和意映，不難！但瑲想要的是真相。

否則，即使篌和意映死了，瑲也無法釋然，更無法面對那個孩子塗山瑱。

想要真相，就必須要篌和意映活著。可篌和意映活著，就意味著瑲會有危險。

小夭蹙眉，這可真是個難解的結！

但，必須解開。她也想知道真相！

長相思（卷四）完

長相思

卷四 笑問月，誰與共

茶蘼坊 31

作　　者　桐 華

野人文化股份有限公司

社　　長　張瑩瑩
總 編 輯　蔡麗真
責任編輯　楊玲宜、蔡麗真
校　　對　仙境工作室
美術設計　洪素貞
封面設計　周家瑤
行銷經理　林麗紅
行銷企畫　李映柔、蔡逸萱

出　　版　野人文化股份有限公司
發　　行　遠足文化事業股份有限公司（讀書共和國出版集團）
　　　　　地址：231新北市新店區民權路108-2號9樓
　　　　　電話：（02）2218-1417　傳真：（02）8667-1065
　　　　　電子信箱：service@bookrep.com.tw
　　　　　網址：www.bookrep.com.tw
　　　　　郵撥帳號：19504465遠足文化事業股份有限公司
　　　　　客服專線：0800-221-029
法律顧問　華洋法律事務所 蘇文生律師
印　　製　成陽印刷股份有限公司
初　　版　2013年6月
二版 1 刷　2023年8月

國家圖書館出版品預行編目資料

長相思. 卷四, 笑問月,誰與共/桐華著. -- 二版. --
新北市 : 野人文化股份有限公司出版 : 遠足文
化事業股份有限公司發行, 2023.08
　面；　公分. -- (茶蘼坊 ; 31)

ISBN 978-986-384-926-1(平裝)

857.7　　　　　　　　　112013713

ISBN 978-986-384-926-1 (平裝)
ISBN 978-986-384-912-4 (EPUB)
ISBN 978-986-384-913-1 (PDF)

姓 名　　　　　　　　　　　　　　　□女 □男　　年齡

地 址

電 話 公　　　　　　　宅　　　　　　　手機

Email

學 歷 □國中(含以下) □高中職 □大專 □研究所以上
職 業 □生產/製造 □金融/商業 □傳播/廣告 □軍警/公務員
□教育/文化 □旅遊/運輸 □醫療/保健 □仲介/服務
□學生 □自由/家管 □其他

◆你從何處知道此書？
□書店 □書訊 □書評 □報紙 □廣播 □電視 □網路
□廣告 DM □親友介紹 □其他

◆你以何種方式購買本書？
□誠品書店 □誠品網路書店 □金石堂書店 □金石堂網路書店
□博客來網路書店 □其他 ____________________

◆你的閱讀習慣：
□百科 □生態 □文學 □藝術 □社會科學 □地理地圖
□民俗采風 □休閒生活 □圖鑑 □歷史 □建築 □傳記
□自然科學 □戲劇舞蹈 □宗教哲學 □其他

◆你對本書的評價：（請填代號，1. 非常滿意 2. 滿意 3. 尚可 4. 待改進）
書名 _____ 封面設計 _____ 版面編排 _____ 印刷 _____ 內容 _____
整體評價 _____

◆你對本書的建議：

廣	告	回	函
板橋郵政管理局登記證			
板 橋 廣 字 第 143 號			

郵資已付　免貼郵票

野人

23141
新北市新店區民權路108-2號9樓
野人文化股份有限公司 收

請沿線撕下對折寄回

野人

書號：0NRR4031